なんたってドーナツ

美味しくて不思議な41の話

早川茉莉 編

筑摩書房

目次

第二章　ドーナツの時間

第三章　ドーナツの穴

第四章　ドーナツのつくり方

第五章　ドーナツの物語

扉デザイン　神田昇和

なんたってドーナツ

美味しくて不思議な41の話

第一章

ドーナツの思い出

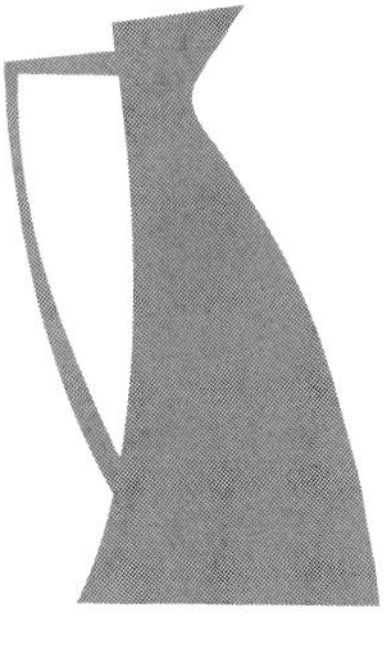

◉コラム①

ドーナツはほかのことを思い出させるものだ

思い出すのは、ドーナツを揚げる母の後ろ姿だ。半袖のTシャツにスカートをはき、水色のエプロンをつけてドーナツを揚げる母。その向こうには窓が広がり、ドーナツがおやつの日特有の、甘い匂いと油の匂いがキッチンを満たしている。母はドーナツの抜き型を使わず、大小のカップを使い、リングと穴の部分、二種類のドーナツを作った。穴も揚げるのが母の自慢だったが、私はリング状のドーナツだけを食べたかった。なのに、いつも穴を先に食べさせられた。あの頃の母は若く、私は幼かった。

そのうち母の興味は揚げまんじゅうなるものに移り、ドーナツは作らなくなった。餡入りのお饅頭に衣をつけて揚げた揚げまんじゅうは癖になる美味しさで、我が家の定番のおやつになった。大人になってから揚げまんじゅうを食べさせる店があることを知り、いそいそと訪ねてみたが、私たちの好物だった揚げまんじゅうとは全くの別物だった。

ドーナツから、思い出の輪がどんどん広がってゆきそうなので、五所平之助のドーナツについて触れておきたい。氏の句集を長年愛読しているので、懐かしいような気持ちで「焼きいもとドーナッツ」を読んだ。学校帰り、カフェーに五銭の珈琲とドーナッツを食べに通い、鞄を預けて活動大写真を見に行くという当時の慶應の学生の日常。読んでいると映画のようにその情景が浮かび、ドーナツが無性に食べたくなってしまった。

――食パンを蜜で喰べるや花の雨――　（『五所亭句集』牧羊社）

ミルクホールとドーナツ

吉沢久子

私のドーナツとの出会いはいつだったろうか。一世紀近くも生きてきたけれど、一人の人間が経験することなんてたかが知れている。それに、年と共にもの忘れがはげしくなってきて、過去はすべて、何かをきっかけに「そうそう」と思い出すものになっている。

いっしょうけんめい、思い出そうとしていたら、ドーナツとは知らずにたべたことがあったような気がしてきた。小学校に入るか入らないかくらいの幼い頃だが、私の住んでいた家の近くに小さな教会があった。そこで日曜学校というのがあって、遊び仲間のおねえちゃんたちについていったことがあった。何をするところかも知らずにいったのだが、帰りにカードと小さなお菓子をもらった。それが今まで見たこともたべたこともない穴あきの揚げパンだったのを、ふっと思い出した。そういうお菓子にはじめて出会ったときだったから思い出すこともできたのかもしれない。そうしたら、日曜学校で習った歌まで、つづけて思い出した。字はわからなくても言葉は記憶していた。

日曜学校のやくそくは
朝夕神に祈りをし
父と母とにしたがいて
タバコを吸わず酒のまず

と、習った歌を大声でうたいながら帰ったことまで、思い出した。関東大震災で焼け出され、親類を頼って住む場所を探してもらい、ひとまずそこに落ちついて暮らしていた頃だと思うが、幼いころのことで今はきく人もなく、一切わからない。

でも、かんたんなドーナッツの歴史を読んでみたら、第一次大戦のとき、ヨーロッパ救世軍、アメリカ赤十字、ＹＭＣＡなどが、兵士への慰問活動のひとつとしてドーナツを無料配布したと書かれていたので、日曜学校でもらったお菓子も、たしかに西洋のにおいのするものだったと思い出に自信をもった。

　ドーナツという名をしっかりおぼえたのはミルクホールと呼ばれた店だった。その名の通り牛乳を主にのませる店で、喫茶店よりはお手軽で、サービスもなく、お菓子がたべたければテーブルの上の大きなガラス器から、自分で取り出してたべるのだった。お菓子といっても、中に入っているのはシベリヤという名の、羊かんをカステラでサンドイッチして三角に切ったものと、ドーナツくらいのもの。客はお菓子より「トースト」をよくたべていた。一枚の食パンを厚めに切って焼き、二つに切り、バタートーストとジャムトーストにして出す店が多かった。

　十代で働きはじめ、夜学に通っていた私は、職場と学校への間におなかがすくので、お小遣のあるときはそんな店で牛乳をのみ、トーストをたべたり、ドーナツをたべて学校にいった。ある日、たべ終ってお金を払おうと、店の奥にいる奥さんに声をかけてのぞき込んだら、小鍋でとかしたバターを刷毛でパンにぬっているのがみえた。なるほど、バターをとかせば、パンのすみずみまで平均にバターがぬれるのかと、感心したことがあった。変なことをおぼえているものだと、自分でもおかしくなるが、働らきはじめて、何もかもが新鮮に見えた頃の、ミルクホールのトーストや、シベリヤ、ドーナツは、私にとって青春の味だったといえるのかもしれない。

やがて戦争がはじまり、徐々に私たちのくらしは窮屈になって、お金をもっていても自由にものが買えず、衣食住のすべてに不自由をするようにまでなった。当然ミルクホールも売るものがなくなり、代用コーヒーという名ののみものを出していたが、ビワの実の種を干して炒ったものが材料だときいた。ただ苦みがあるだけの黒い液体だった。

東京大空襲で私のよく入ったミルクホールも、あとかたもなくなったが、私の記憶の中には、シベリヤと並んだドーナツの形が、はっきり残っている。ただし、砂糖をまぶしたドーナツの記憶はない。

作り方はかんたんなのに、私はドーナツ作りは数回しかしたことがない。子供のいない家庭だったせいか、作ってもたべるのは一コかせいぜい二コ。揚げ油はたっぷり用意しなければならないし、粉が散ったり、あれこれ用意やあと片づけに手をとられるので、ついうちで作るより、たべたいときは買ってくればいい、ということになってしまった。

なにしろ、ダンキンドーナツだのミスタードーナツだのと、専門店が近所にもできて、いろいろな種類のドーナツも一コずつ買ってきて、家族で切り分けてたべたりもできた。手みやげにもらうこともありで、遠い存在ではないのに、いつも近くにはないお菓子、というのが私にとってのドーナツなのだと、これを書いて気がついた。

焼いもとドーナッツ

五所平之助

銀座というと、すぐ思い出す懐しい店が二軒ある。

一つは「焼いも屋」で、銀座には似つかない古風な構えで、もう一軒は珈琲専門のハイカラな「カフエー・パウリスタ」である。これは花の銀座の名にふさわしい。焼いも屋は並木通りにあって、戦前まで見た記憶はある。カフエー・パウリスタの方は、たしか交詢社近くで七丁目辺りのような気がしている。神田の小川町にも支店があり、神田に居住していた私はよく行ったものだが、銀座の店の方が多く、学校の帰りには必ず寄ることにしていた。その頃私は慶応義塾、商工学校の学生だったので、学校の帰りには、五銭のコーヒーを飲み、うまいこれも五銭のドーナッツを食べに行った。行ったというよりもお馴染みさんみたいになって足繁く通ったものといえよう。通いついでに鞄を預け、すぐ近くにあった、金春館《こんぱるかん》に活動大写真を見に行った。弁士の大辻司郎さんが、奇声を発して、人気者になっていた。筋はとにかく、大辻さんの喜劇の説明は、警抜な、ユーモアたっぷりで面白く、私たちの暗い青春を吹き飛ばしてくれるように思え同じ洋画を何度見たか分らない。

パウリスタで、私の好きなのはドーナッツで、これは一つや二つ食べたのでは気が済まなかった。多い時は五つぐらい食べてしまった。多いといえば、後年私がふとした不心得な事で、ブロニングの実弾が五発入ったピストルが手に入り、危く自殺をしようとした時だが、これが今生の別れとばかりにいっぺんに十五、六コ食べた事がある。勿論好きなミルク紅茶も何杯かお代りしてがぶがぶ飲んだのである。この時の店は蒲田の駅前通りにある森永の喫茶店だったようだ。この店のすぐうしろが蒲田撮影所である。私はもともと、ミルクコーヒーより、ミルク紅茶の方が性に合うのか大好きで、今でもコーヒーはどんなに、旨いと勧められても、駄目で、ミルク紅茶オンリーを頑固のように守り続けている。

焼いも、これも未だに大好物の一つで、焼いも屋さんとは何となく不思議な縁があり、神田に居た頃は私の家から四、五軒先に名代の九里（栗）より甘《うま》い十三里、という、大繁昌の焼いも屋があった。下谷の池の端に住んだ時も奇しくも隣家が親代々の焼いも屋で、そこの若い主人とは、とてもウマが合い、仲も良く、釜の蓋を取ると、まず私にと、湯気の出た、ほかほかした焼たての芋を沢山持ってきてくれた。

私は焼いもの庶民的な土の香りが好きで、栗より美味《うま》いという、素朴な、心をゆたかにうるおしてくれる母心のような風味は忘れられない。

だから、ときどき買いに寄った銀座の焼いも屋の古風なたたずまいと、飾りっ気もなく、いささか時代の風潮に抵抗しているような、商いに変な好感を持ってしまうのである。この店は焼いもより、ふかした芋の方が、何ともいえない美味さをもっていた。よく、産地を選び、吟味した芋に、藁で焚く火加減に感心したりした。

焼いもの好きな私は、よくロケーション先で、焼いも屋の店を見付けたり、石焼芋の車が来ると、ほとんど買い占めて製作スタッフの人たちにすすめて食べて貰い、喜ぶ悪い癖がある。

焼いも監督などという蔭口なんかを耳にするけど、私の病いは膏肓に入ったようで長くつづいていて人騒がせをしている。時どき、銀座恋しが焼いも恋しにダブッテ、今は一軒も見当たらない、夢のはかなさを嘆じている。
焼いも屋の代りのように銀座も西側にむかしからの豆腐屋さんが二、三軒、開業している。西二丁目の路地を入ると、夜の銀座はこれからという時間に、もう幕を閉めて寝ているらしい。朝の早い商売で勤勉でなければ、やっていけない仕事だけに、銀座の裏通りのあちこちで見かける豆腐やさんに御苦労様と声を掛けたくなり、商売繁昌を祈るのである。

たまたま、私は銀座にある横丁、路地のことを調べるため、遅くなって、新幹線に乗り遅れ、西銀座のさるホテルに泊ってしまった。

年のせいか、目が覚めるのが早く、久し振り、午前六時の銀座の街に散歩に出た。早い朝とはいえ、梅雨晴れの陽は、すでに建ち並ぶ高いビルの上を這っている。

数寄屋橋と土橋を結ぶ外堀《そとぼり》通りには、駐車して、うたたねをしているらしい運転手の車も一、二台しか見えない。二、三台疾走してくるだけの車の数で、昨夜の賑やかさとは、打って変った静かな情景である。私は夜の銀座八丁も好きだけれど、夏、冬を問わず夜明けの銀座に、しみじみとした情感を味わうことも昔からときどききつづけてきている。

珍しく雀の囀りが聞える、変った風景といえば、どの横町にも何羽かの鳩が餌を漁りながら遊歩している。

本通りの松坂屋の前にもいる、ライオン・ビヤホールの車道から資生堂の方に鳩の群は悠々《ゆうゆう》と移動していく。まだ一台も走る車の影は見えない。歩いているのは物好きな私ひとりで、遠く若い人が東から西の横町に消えて行った位である。歩道には私の靴音だけが高い。

どの通りにも昨夜のゴミを一ぱいに詰めたビニールの袋とポリバケツが放り出されたように横たわり、重なり合っている。

青酸っぱい、匂いが、プラタナスの街路樹の下を漂って、銀座は刻《こく》一刻と眠りから覚めていく。

京橋消防署の前だけ、十四名の宿直をしたらしい職員たちが並んで体操をしている。

「消防体操」という名を聞かされた。

銀ぶら道中記（五）

岸田劉生

鳩居堂がここへ移ったのはいつのことか、今は大きな店になり階上は展覧会もできる由《よし》、先日歌麿の展観をしたのは結構のことであった。ここの清雲香は私の常用するところ、誠にいいにおいのする線香であると吹聴しておく。

さてここは、東都目貫《めぬき》の場所たる、銀座四丁目の交叉点《こうさてん》である、昔はここに毎日新聞、日日新聞、その他二つの四大新聞社が相対して立っていたのを覚えているが、新聞社は皆それぞれ銀座から影をかくし、丸の内へと移ってしまった。

今は、カフェー・ライオン、八十四銀行、三共のオリザニン、山崎洋服店がこの四角に陣取っている。

カフェー・ライオンはカフェーとして古いものの一つである。カフェーの開祖ともいうべきは先ずカフェー・パウリスタであろう。それまでは、一品レストランでなくば、ミルクホールがその代用をしていた。私はこのパウリスタの出来はじめの貧しいながらもおとくい様であった。お小遣いがあると、弟妹を引きつれて、そこへ陣どり、ドーナッツがいいとか、スネークがいいとか、この砂糖はいくら入れてもいいのだとかいいながら当時には珍しい本物のコーヒーをすすったものだ。当時には珍しいというのは、それまでコーヒーというのは角砂糖の中に入れてある豆のこげたもののことだったからである。多分今から十七年ほど昔になると思われる。これが出来るとじき、プランタンが出来た。プランタンの松山君は、白馬会での私の先輩であった。松山君はあの長いからだと顔とをよく研究所へあらわし、ブラブラとしていたものであったが、物にこだわらず、しゃしゃとしている風格は今も昔も変りない。プランタンの出来るときは友人の石川伊十君や岡本帰一君などと手つだいに行ったりしたのを覚えている。

ライオンへはその頃よく生ビールをのみに行ったもので、よくそこで、高村光太郎君に会いビールのコップを林立させたものであった。高村君はあの温容をもって黙々としてただビールをのんでいた。ここの美人が今のタイガーのそれの如くに評判になり出したのはもう少しおくれてからのことで、その頃はもうあまりここへ行かなくなっていた。

木村屋というパン屋は天下に有名であって、私共子供にとっては忘れられぬパンの幾種類かの製造元である。へそパンというのは甘いややかたい丸いパンの中央に干葡萄が一つ入っている、つまりそれが臍《へそ》なのである、束髪パンというのは、イギリス巻のまげの形をしているのに所々にやはり干葡萄が入っている、大パンというのは餡パンの形の大きいので餡ぬきである。木の葉のパンは名の如く木の葉の形をしており、ただの堅パン質のと、餡の入ったのと二つあった。

「西洋のパン、アメリカのパン、木村屋のパン」という一種の唄？　は明治時代を子供で過ごした人の頭に残っている唄だと思うがそれ程木村屋のパンは人口にうたわれた。先にあげた名の如何《いか》にも明治味《めいじあじ》なのはこの唄とともになつかしいものである。

が、パンというものも、も早や菓子の域は脱し、飯の域に進んで来た。見よ、木村家の隣には宝来というパン屋あり、その向いには銀座パンという家がある。殊にこの宝来の盛況はめざましいものである。夕方会社の引け時頃になると、省電を越えて郊外に待つわが家庭のために人々は争って出来たてのパンを求めている。誠に「人は飯のみにて生くるものにあらず」「パンなくて何のおのれが新家庭」である。

池

小出楢重

私はあの東京の大地震の時、幸いにも恵まれた二個のドーナツを大切に抱いて、やっと一夜をすごしたことがあった。しかしその時、人間の世界には水分が一滴もなくなっていた。それで折角のうれしいドーナツも、乾いた海綿の如く口中に充満して私は悲しかった。以来私は一杯の水、一滴の雨水を結構と思うようになった。

昔から山水というよい言葉がある。山だけの風景は震災のドーナツである。私は昔から、奈良の風景を愛する。ただ惜しいことには水の不足を感じる。荒池、鷺池、猿沢池はコップにおける大切な一杯の水であると思う。

お菓子はほかのことを思い出させるものだ

植草甚一

ニューヨークで暮らしているとき、いつもホテルを午前中に出てブラブラ歩いていると、たいてい午後一時ごろに何か食べようかなということになる。それがフィフス・アベニューだとレストランらしいのが目につかないから、五十八丁目とか五十九丁目とかを気がむくままに西へとまがると、あそこはこのまえ行ったけれど割合おいしかったなと思い出す店が目につくけれど、向こう側にあるからやめてしまう。五十八丁目という横にのびた通りは向こう側に渡りにくい。ふつうは一方交通なのに、ここは右と左の両方へ走っていく車が、それもスピードをすこしあげているからだ。

それでこっち側の歩道を歩きながら何か食べたいなと思うけれど、角へ行くまで一軒もない。そうしてシックス・アベニューにあたるアベニュー・オブ・アメリカスに出ると、こんどはあっちこっちにある。そのなかではウルフ・デリカテッセンというのが客筋もいいし、子牛のレバー・ステーキを注文したときは、タレの濃厚さとレバーのにおいから、いかにもアメリカ料理を食べている気がした。

こういうときにかぎらず、まあ中ぐらいのレストランでは頃あいをみてウェイトレスが、食後のデザートは何にするかと訊きにやってきて、そのとき食べたもののトータルにタックスを加えたぶんを書いた紙っ切れを裏にして置いていく。こんなことは東京でもどこでもおんなじことだが、それを書くのに何をつかっているかと言うと、ほとんど例外なしに黄色い軸のエンピツであって、その先に消しゴムがついている。それを目にするたびに、ぼくは小学生だったころを思いだした。

ニューヨークのディスカウント・ショップでは、この黄色い消しゴムつきエンピツをよく売っている。それがたくさん溜ってしまったのは、あの消しゴムが不思議によく消えるからだ。ウェイトレスが手にしているのを見ると、よく使ったなと思うくらい消しゴムは丸くチビている。料理の値段を書き付けに記入したあとで、足し算が間違っているのに気がつくことが多いせいだろう。

ぼくは胃袋がちいさいので、子牛のレバー・ステーキにしろ半分しか食べられない。だから食後のデザートはと訊かれても、いらないと言うしかないが、アメリカ人はたいてい何かしら食べている。これは東京での話だが、アメリカで知り合ったTVドラマ・ライターが何かの取材で来たので、神保町の古本屋へ行ってから原宿に出たとき夕暮れになっていた。おなかがすいてきたに違いない。

そのとき外苑通り裏の横丁を歩いていて、こんなところがあるのかいと感心していたが何か食べるといえばカツレツ屋しかない。それですましたが、おいしいよと言い、出てから歩いているときも、おいしかったよと繰りかえしたのはいいが、表通りにあるフルーツ・パーラーのウィンドーの前で立ちどまってしまった。なるほどアメリカ式な口なおしがしたいんだな。カツレツ屋にはそんなものはなかった。どれがいいんだいと訊くと、そのときは八月の暑い日だったので氷メロンがいいと言った。メロンの小切れが上から差しこんであった。

いま思い出しておかしくなったのは、ぼくもニューヨークのケーキ屋のウィンドーの前で立ちどまったことが、ときどきあったからである。その最初だったと思うのは五年前に「ストリーカー」といって日本の新聞でも写真入りで特ダネになったが、街のなかを裸体同様で男の子や女の子が歩くのが流行し、それがビスケットに塗るお砂糖の模様になったときだった。

その丸いビスケットの大きさはコーヒー皿ぐらいで一枚いくらで売っていた。裸の女の子が横向きの姿勢で闊歩《かっぽ》している。そんなのが三種類あったので一枚ずつ買った。お砂糖の色は白と黄と赤と緑であるが食べる気はしない。東京へ持って帰ると面白いだろうと思ったが、むこうで誰にあげたか忘れてしまった。

七月の終りになるとグリニッチ・ビレッジのヒューストン通りのそばで、イタリアン・フェスティバルが始まるが、あたりは食い物をつくっている屋台だらけである。各国民のフェスティバルが六月あたりから始まって、ダウンタウンのあっちこっちに数か所は開催されるが、年中行事としていちばん混み合うのはイタリアン・フェスティバルで、屋台の揚げ物であたり一帯がプンプンしている。もちろんアイスクリーム屋もあって、屋台の数は五十くらいになるだろう。

その入口にお菓子屋がならんでいる。子供たちは夜になるとイルミネーションがつく回転遊覧車に乗って遊んでいるが、お菓子には男の子や女の子の格好をしたものが多い。童話ふうな模様がはいったビスケット類もたくさんあった。

こんなことを思い出しながら書いていても、それがどんなものか写真に撮ったりスケッチしたりしなかったのでお話にならない。それで困ってしまったとき、机のそばにあった本のなかに、こいつはちょっと面白いなと思って買っておいた料理本があるのが目についた。題名は『アメリカーナ・クックブック』となっていて、この場合「アメリカン」でなく「アメリカーナ」、つまり〈古いアメリカの〉とか〈懐《なつ》かしい思い出の〉とかいう意味になっているところが面白い。エスター・グローヴァーという女流画家がアメリカ人には懐かしい料理を五十種類ばかり童画風に描いたものである。

これにはケーキが出てこないのでオヤオヤと思ったが、めくっているとキッシュ・ロレーヌがあった。それでまた思い出したのがパーク・アベニューの突き当りに見えるパンナム・ビルのてっぺんにある「コプター・クラブ」という特別な客だねを持つ軽食堂である。特別な客だねというのはフィフス・アベニューやマディソン街の会社につとめている若手のエクゼキュティヴたちで、午後五時をすぎるとガールフレンドを連れてやってくるのだ。そのとき何を食べているかというと、キッシュ・ロレーヌがいちばん手ごろらしくて、赤い制服のボーイがはこんでくるのを見ていると、これが多い。

　東京や京都などでクレープを自慢にしている店がふえたが、キッシュはつくらないようだ。あっちのフランス風レストランでは、どこでも両方ある。キッシュはパイみたいに切ってあって、中身はバター入りお豆腐をかたくしたようなものだが、クレープとちがって甘くないし、おなかは結構はってくる。それを食べている女の子もエクゼキュティヴが多いそうだ。

　この「コプター・クラブ」は下界の見晴らしがよく、窓ぎわから奥のほうまでアベック用のちいさな丸テーブルが所せましと置いてある。暮らしには困らないような若い二人がどんな話しかたをしているかというと、両方ともじつに上品な物腰であって、大きな声で笑いもしないし、眼をたがいに見つめ合ったまま、どのテーブルでも、いつになったら腰をあげるんだろうと思うくらいねばって話し合っているのだ。これはニューヨークでは別世界みたいな不思議な光景だから、あっちへ行ったときはいちど出かけてみるといいだろう。

　話はそれるが、ここでニューヨークで毎日つけていた日記帖を出してみた。ぼくは五年越し当用日記みたいのだとスペースがせまいので、大学ノートを買っては、その右ページを一日ぶんとして使い、左ページに映画館でモギリが切ってくれた半ペラとかアンティックの名刺などいろんなものを貼りつけていた。

　大学ノートといってもアメリカ製のやつで、銀座のソニー・ビル地下売店で輸入品を売っているが、表紙が厚いボール紙なので気に入ったし、安いうえに一番じょうぶなノートブックといえばこれだろう。いかにもアメリカ式だ。

　その一冊を出してめくったのは、もうすこしマシな話が書けないだろうかと思ったからで、お菓子のことが思い出せるかもしれない。そうしたらページのあいだから板チョコの包み紙が二枚落ちた。ニューヨークへ行ったとき映画館にはいる。その休憩時間のロビーで近づいてしまうのが板チョコがならべてある自動販売器であって、見たことのないデザインの包み紙がいくつかある。どんな味がするんだろう。包み紙だけでは、どんな味だったか思い出せない。けれど十一丁目のフィフス・アベニュー西側にある「クァド」シネマの自動販売器は大きくて普通の二倍あった。この販売器からよく買ったことは覚えている。この映画館は二百人いれるのは無理かもしれない試写室みたいのが、中央廊下の左右に二つずつあって、違った映画を二本立てで上映している。切符売場でどの組合せのにするかと言って切符を受け取るわけだが、いつも面白い映画を上映していた。

大学ノートの日記帖にチョコレートの紙を糊付けにしても剝がれ落ちてしまうので、袋にいれてしまっておいたのが出てきた。そのなかに「ハリバ」と印刷した包み紙があるが、このギリシャやイランの特産ケーキは日本で食べることができない。麦こがしを油で練ったようなもので、白い石けんみたいのやマーブル模様がはいったのもあって、しつっこい味がする。これをニューヨークのギリシャ人がつくっている店があって、そこまで買いに行ったことがあった。

ほんとうは出来たてのものが味もよく、板チョコ式に切って包装したのは、どうも油が浮いてくるのだ。その店のカウンターの上に一つだけあった出来たてのは、ひとかかえもある大きなチーズみたいで、さしずめ臼《うす》ぐらいあるといっていい。二ポンドだけくださいと言うと、その見当でナイフをいれ秤《はかり》にのせた。

そのとき日本にもハリバはあるかいと訊くから、だれも食べたことがないだろうと答えると、それなら日本へ輸出するといい、キング・オブ・ハリバになれるよと言うのだ。ジョークなんだろうが、よく分からない。それでキング・オブ・ハリバって何のことですかと訊くと、それはねと真面目な顔をして、大金持ちになれるってことだよと説明してくれた。原宿や渋谷公園通りを歩くのがすきな若い人たちなら、この駄菓子もすきになるだろう。あとでそんな想像をしていると、この話に乗る者はいないだろうかしらん、ためしてみるのも面白いだろうと思ったものだ。

そういえば最初に書きたかったのに、あと回しになった「スイート・テンプテーション」というお菓子屋がある。ぼくが泊っていたマディソン街のホテルは三十七丁目の二三七番地だったが、出てから下のほうへ五、六分歩くと一九六番地になって、このお菓子屋があるが、まえを通るたびに何かしら買った。

二間の間口だから小さい店だが、はじめて入ったとき、こんな素敵な菓子屋さんは東京その他の都会のどこにもないなと思い、すっかりよろこんでしまった。ビヤ樽とおんなじ格好だが白木でつくったのが八つ、右側フロアに並んでいて、それに一種類ずつ飴ちょこが上のほうまでギッシリつまっている。まずそれを半ポンドずつ二種類買ったが、そのつぎはチョコレートを買う番だ。それにも秤売りのと板チョコ式で上等のやつ、それから箱入りになったのが、棚の上下にたくさん並べてある。これは五回や六回では買いきれない、それでもニューヨークにいるあいだに全部買ってみようと思うと、それだけでもう楽しくなった。

この店は、もっと大きいのが五十七丁目にもあるが、バートンというチョコレート・ショップは、あっちこっちで目につく。ぼくはグリニッチ・ビレッジに近い八丁目の店でよく買ったが、そんなある日のことヴィアヴォート・イーストという高級アパートが、やっぱり八丁目にあって、そこで暮らしている若い夫婦のパーティがあるので行かなければならない。それでチョコレートの箱詰めを持っていこうと思った。

どんなのにしようか。八ドルくらいの箱詰めでいいだろう。いつものことだがウィンドーの前できめようとしたとき、日曜大工用の七つ道具がチョコレートになったのがある。色とりどりの銀紙に包んでセットにしてあったが、スパナーや金槌など実物に近い大きさだった。鋸はない。ともかくこれにして持っていくと面白がってくれ、帰りにローソクを一本くれた。

たった一本だといっても大きな茶筒ぐらいあって、装飾なしの淡青一色だけれど、こうなるんだよと言った使いかけ2/3ぐらいなのを見ると、それはピンク色のやつだったけれど蠟が垂れた部分がバラの花になっている。使うたびに垂れかけた軟かい部分を上へとひねりあげればいい。そんな花弁が十枚くらい心《しん》のまわりを取り巻いていたが、このローソクは輸入されたことがあるのかしらん。売っているのを見たことがない。もらった一本は使わずじまいになっているけれど、若い人たちには楽しいローソクになるだろう。

そのころだったがアメリカの若い詩人で日本女性を妻にした友人が里帰りするというので、行きつけのレストランで会うことにした。お土産には何がいいだろう。バートンのチョコレートにしようかと話し合っていると、カウンターの向こうで耳にしたウェイトレスが、ぼくには親切にしてくれるということもあり、チョコレートならクリストファー・ストリートの「ライラック」がニューヨークでは一番だとおしえてくれたが、番地はハッキリ思い出せない。けれどそう言われたので行ってみたくなった。

クリストファー・ストリートはグリニッチ・ビレッジの右手を真っすぐに突き抜けている長い通りで、その途中がゲイ・ボーイがあつまる場所である。『クリストファー・ストリート』という雑誌も出ているが、「ライラック」という店が見つからない。そのとき電話ボックスがあるのに気づいた友人は、ちょっと待ってくれと言ってボックスにはいると電話帳をめくっていたが、分かったといって出てくると、また真っすぐに歩き出す。「ライラック」は通りの突き当りにあった。

ドイツ人のおばさんが手づくりでやっている小さな店だが、箱詰めのを見てビックリした。チョコレートは小ぶりだが、それぞれのデザインが垢抜けしているうえ、桜ん坊みたいな飾りつきのを中央に置いた並べかたがシャレていて、とてもおいしそうに見える。その一つを取り出すにも迷うくらいであった。そうして感心したのは、そのとき入ってきたドイツ人らしいお客さんに一枚あげたので、ぼくにも一枚くれたが、それは丸焼せんべいみたいなチョコレートだが、画用紙ぐらいに薄い。それが板みたいに固くて、すこし力をいれて割るとポキリといい音をたてた。

おせんべいと言えば、東京からの友人が、平たい缶入りの詰め合わせをお土産にくれたとき、いま書いたレストランへ持っていった。そこのカウンター受持ちで、ぼくに親切なウェイトレスは話がよく合う女の常連客をいくにんも持っていた。そのときも三人の女客がカウンターにいたが、ウェイトレスに半分あげるよと言ってから、女の人たちにつまんでごらんなさいとすすめてみたところ、これが受けた。

けれど藤村の羊かんはジェリーみたいな連想をあたえるせいか興味をひかない。これにはガッカリしたが、日本のクッキーなんかどうだろう。ニューヨークにはクッキーでつい買いたくなってくるのが、いくらでもある。やっぱりバターの使いかたによって味がちがってくるけれど、イタリア人の店においしいのが多い。とくにチーズ・ケーキが優秀であってウィンドーの前で立ちどまってしまうのは、黄色と茶色との出来上りぐあいが何ともいえないからである。

アメリカの伝統的な食べ物といえばトウモロコシとホット・ドッグとドーナツだが、ぼくのホテルがある三十七丁目から四十丁目に出ると「チョックフル・オーナッツ」というドーナツでよく知られた店がある。このレストランのひさし看板文字は市松模様になっていて、ワシントン・スクェア公園のそばにもあったり、何軒あるか知らないけれどチェイン店が多い。この店では普通挽きの缶《かん》入りコーヒーも売っている。原宿の代々木コーポ地下売店で見付けたことがあったが、こんども一ポンド入りのを六個買ってきた。それで朝フィリップス自動式ので濃い目に三杯つくり、そうすると一日ぶんあるが、九月から三か月目で六ポンドがなくなった。

ともかくドーナツが自慢な店だから、それに合うような自家製のをつくるわけだろう。そう考えてみるとコーヒーの味のきめ手はドーナツにあるかもしれない。朝の十二時前後に、この店の前をとおると、メニューにはハンバーガーほかいろいろあるが、たいていの人が安上りのドーナツとコーヒーですましている。むかしパン屋だったころの主人が、そのころからブドウ・パンができたんだろうと思うが、くるみ（ナッツ）を砕いたのをパンにいれたのが評判になったそうだ。それからこの屋号が生まれている。

ところで二年前だがニューヨークにいて寒い季節になりだしたころ、週刊誌『ニューヨーク』の表紙にドーナツを一口かじった写真が大きく出ていた。何だろうと思ってめくると見開きページにドーナツのほぼ実物大のが十三個出ていて、どれも表紙のとおんなじように一口だけかじってある。ドーナツ特集号だった。

その記事を読んでみると、ふだんあんまりドーナツをたべていないピーター・クィムという記者が、どこにある店のドーナツが一番おいしいか報告しようと思って、ニューヨークじゅうのドーナツ店を歩いたのであった。

ドーナツ屋というよりコーヒーショップとかベイカリーのドーナツといったほうが正確である。ドーナツの起源はというと一八四七年だから百三十年前になるが、メイン州ロックポートのある家庭で、十五歳の少年ハンソンというのが、おやつに出された丸い揚げケーキのまんなかに火がとおっていなかったので、ゲンコツで叩いたことから丸い穴をあけて、よく揚がるようにしたそうだ。そうしていろんな種類があるが、大別すると二種類になり、よく揚げた堅めのものと、軽く揚げたのでフワフワするものとの二つである。

そうして代表店十三軒を採点して、一つ一つの口あたりぐあいを、こっちが食べているような文章力で書いているところが面白かった。そうしてオヤと思ったのは一番ファンが多いのは「チョックフル・オーナッツ」だが、どうもジトジトしているのが気にいらないと言うのだ。ぼくもなるほどジトジトしているなあと思ったものだ。そうして一番おいしいドーナツはというと、遠くの人は知らないだろうけれど、つぎに番地をいれておく三軒だと報告した。

その筆頭にあげられたのが「メアリ・エリザベス」のドーナツで、その場所は三十七丁目の東六番地だから、ぼくのホテルから出て横へとフィフス・アベニューを突き抜けるだけでいい。それでブラブラと出かけてみたけれど見付からない。もう一軒は「ドリ・ドーナツ」といって七十三丁目のアムステルダム・ストリート二七一番地1|2にある。1|2番地というと間口がせまいし、この付近は不案内だときている。もう一軒はブルックリンのパーク・スロープにあって、この界隈は古い建物

がならんでいる有名な場所だから一度は行っておいでよとアメリカの友人がいって地図を書いてくれた。けれどすこし遠いので一日のばしにしているうちに忘れてしまったのである。

偶然このドーナツ記事が手にはいったので、気になった「メアリ・エリザベス」というのを調べてみると、ベーカリーではなく料理店だった。そんな料理店があったかどうかも覚えていない。そのサイド・ルームがコーヒーとドーナツを出すのである。そうしてドーナツの穴になったところを揚げたのが、丸くフワフワしていておいしいそうだ。

ぼくはドーナツには縁がないようだ。それにしてもニューヨークのガイドブックにはいろいろあるが、お菓子屋案内というのがない。レストラン案内にはいろいろあって、その店のメニューまで写真入りのがあるから、つい買ってしまう。けれど二人で行くと五十ドルか百ドル持ってないと恥をかきそうな店ばかりなのである。ニューヨークまで料理店めぐりに行こうと思う人は専門畑の人しかいないだろう。お菓子のほうはブラブラ歩いているとき見付かって、あとでおいしいと思ってまた買いに行こうとは思っても、その場所が見つからないことが多い。そうしてどんな味だったかも、いまはもう忘れている。箱詰めで買ったのは、その箱を棄ててしまったし、ただ板チョコの包み紙くらいしか残っていない。食べたもののことは、そのときくわしく書いておかないとダメだと思った。

始まりは、ドーナツ屋さんのあるところ。

三島邦弘

何人かの友人が訪ねてくれた。

「おしゃれな部屋ですね」

「へー、意外にかっこよくてびっくりした」

意外に、は余分でしょ、と苦笑いを浮かべてしまう。けど、まぁ、しかたないか。なにせ、限られた貯金を切り崩して創業した会社なのだ。それも、オフィスというのは名ばかりで、マンションのワンルームにすぎないのだから。

きっと、その情報を先に聞いていた友人たちは、うらびれた空間を想像していたのかもしれない。けれどそこは、こざっぱりした、モダンな雰囲気漂う部屋だった。ひとことでいえば、おしゃれだった。

もし、不動産屋さんに「新築の物件です」と紹介されていたら、へー、そうですか、と疑いもなく信じたにちがいない。実際のところは、以前、生命保険会社のオフィスとして使われていたようだ。いつまでオフィスビルだったかは不明。とにかく、その構造のままマンションにしたため、天井が高かった（それはとてもありがたいことだった）。当今流行りのリノベーション物件というやつだ。ぼくが出版社をたちあげた二〇〇六年の時点で、築四〇年を経過していた。入口、廊下は白壁にダークブラウンのウッド桟、室内は白壁とシルバーのキッチン、一面に大きな窓ガラス。かっこよさと解放感の両方が備わっていた。こういうところに彼女とふたりで住んでいたりすると、いかにも、いかにもすぎて、ちょっとキザなやらしさが出ることだろう。そういう物件だった。

ぼくはここの四階の角部屋に、約半年のあいだ、ひとりで「通勤」した。ひとり出版社なのだから当然だ。

一階に、ドーナツ屋さんがあった。

不思議と、訪ねてくる誰かに、「一階にドーナツ屋があっていいいね」と言われた覚えはない。「下で打ち合わせもできるよね」と言われることはあっても。

　なんてことはない。ドーナツ屋さんといっても、チェーン店。日本全国のスーパーに併設されている、あのチェーン店でないにしても、都内に十店舗ほどはあっただろうお店のひとつ。店内は、コンクリート打ちっぱなしの壁、そして全体的に黒を基調に内装されていた。たまにドーナツを食べたが、かたまったシュガーがべったりとついていて、とにかく甘かった。いかにもアメリカンなドーナツだった。必然、ぼくはコーヒーだけを注文することが多かった。コーヒーを部屋に持ちかえり、近くの図書館で借りた漫画セットを読むこともあった（『あしたのジョー』はこのとき全巻読破した）。ひとりだと、こんなものだ。


　創業して三カ月も経たないある日のこと。

　一冊目の本を発刊して名実ともに出版社になった。それまでは、あくまでも登記上の出版社であって、本を出したことのない出版社にすぎなかったのだ。

　いよいよ……。過分な気負いとともに、急に忙しさが増した。ひとりであることが、自由から制約へと一八〇度転換した。編集、営業、広報、事務、運営、すべてをおこなわなければいけないのだから。西加奈子さんは、「猫の手を借りたい」という表現は「失礼だ」と猫に語らせているが（『きりこについて』）、あの頃、借りられるものなら猫の手を借りたかった（猫よごめん）。

その頃、外出するときは、電話を携帯に転送するよう設定していた。そのときも携帯に、転送された呼び鈴が鳴った。

「しゃちょうさんですか？」と男の声がした。

ぼくは口ごもった。しゃちょう、って社長？　もしかして、ぼくのこと⁇　たしかにそうかもしれない。が、会社を起ち上げてたかだか数カ月。社員もぼくひとり。何より自分のことを「社長」と思ったこともなければ、なりたいと思ったこともない。編集者であっても社長とはけっして言えない。だからなんと返事すればいいかわからなかった。

「あ、ま、まぁ……」

「社長さんですよね」

「はぁ……」

受話器の向こうから、有無を言わさない圧力を感じた。男はぼくにどうしても

「社長」であってほしいと思っているようだ。

「いま、近くにいるんで会ってもらえますか？」

「え？」

　どういうことだろう。いったい何の用なのか。電話口からは想像もつかない。ただ切迫した雰囲気だけは感じた。

「何のご用ですか？」ぼくは、落ち着いて、丁寧に訊いた。

「ここでは言えないんです」

　ん？　ますます意味不明、どういうことだ。こちらの戸惑いをよそに、「会って話します」と男はつづけた。

　いや、待て、なぜ会うことが前提の物言いなのだ。それにいまぼくは外にいるのだ。

「いま、外におりまして」と言うと「いつ戻りますか。待ちます」と男は引き下がろうとしない。こまった……。

「ぼくは忙しいんです！」

　そう、叫びたかった。けど、ぼくの口をついて出てきた言葉は正反対のものだった。

「わかりました。では一時間後に」

こんな出来て間もない出版社にわざわざ電話をしてくれたのだ。どうして無下に断ることができよう。話を聴くくらいすべきではないか。そう思ったのだ。

はたして、ぴったり一時間後、インターフォンが鳴った。

「先ほど電話したものですが、いま下にきました」

「では、降りますのでちょっとお待ちいただけますか」

「いえ、オフィスまで上がります。ここでは話せないので」

直感的に、なにかいやなものを感じた。全身のアラームが点滅していた。

あげてはいけない！

即座に、しどろもどろになりつつも、返答した。「い、いや、いまちょっと人を招き入れられる状態にないので、下のカフェにいてください」

いえいえいけません、私が、と食い下がる男を無視して、ぼくは下へ降りた。

男の装いは浮浪者然としたものだった。

ズタボロの綿のシャツとパンツを身にまとい、あまり心地いいとはいえない体臭が漂ってきた。

　ぼくたちは、コーヒーを注文し、室内ではなく、オープンテラスの椅子に座った。男は声を潜めるようにして言った。

「いまも見張られているんで、上にあげてもらえませんか？」

　ドーナツ屋さんに、申し訳ないと思いながら、オフィスに入ってもらわなくてよかった、と正直なところ感じていた。

　男はきょろきょろと周りを見回すと、いっそう話し声を落した。

「こうあん、いますよね？」

「は、い？」

「公安がわたしを陥れようとしているんです」

　男の話はざっとこういうものだった。――公安が私をある事件の犯人に仕立て上げようとしている。けれど、私にはアリバイがある。それで無理矢理、自白をさせようとして、嫌がらせを受けている。職場でも怪しまれ、仕事も失った。いまは無職。長野県のある県営アパートに入っているが、日々、盗聴されている。ばかりか、毒ガスを壁に仕掛けられてしまい……ほれ、私の歯をご覧なさい。ぼろぼろでしょ。

以前はまったく大丈夫だったのです。それがいまでは、歯は抜け落ちるわ、変色するわ。もう、ひどいものです。なんとかしてください。えっ、だってあなた、出版社の社長さんでしょう――。

……。話の一片であれ、真実は含まれていたのだろうか。わからない、ただ、確かなのは、どれだけ聞いたところで行き着く先はどこにもない。永遠に周縁をぐるぐる、ぐるぐると回るしかない話であった。いま思えば、いかにもドーナツっぽい話だった。

その後、ちょっと変わったひとたちとは、ドーナツ屋さんで会った。そうして、中心部のない話をひたすらぼくは聴いた。

お店のひとたちはどう思っていただろう。

変わったひとたちと付き合いのあるひとだ。

そう思われていただろうか。一方で、こんな危惧も多少はある。

「あの人、トイレよね……」

ひとり出版社から、気づけば六人になっていた。ワンルームに六人という人口過密な環境で、ぼくたちは働いた。そしてぼくはときおり、突然、部屋を飛び出した。メンバーも、うすうす気づいていたかもしれない。ぼくが、「大」をしに下へ降りていったことに。

ワンルーム、しかも「おしゃれ」なガラス張りにスモッグをかけただけのトイレは、「大」を足すにはあまりにやり辛かった。

そんなふうに、そのドーナツ屋さんは、いかにもドーナツ屋さんらしく、中心ではなく、周縁部の仕事（変な打ち合わせや「大」といった……）をこなす場として機能してくれた。

あの場所がなかったら、と考えるとちょっとぞっとする。きっと、出口のない公園に迷い込んだ気分になっていたのではないだろうか。

そういえば、会社をつくってすぐの頃、知人に「バリ島のガムランのような出版社にしたいです」と語ったことがあった。ガムランとは、青銅でできた打楽器の演奏で、何十人で演奏するときでも、西洋音楽のような指揮者は存在しない。誰からともなく、鳴らし始め、その音に呼応するようにして、演奏がおこなわれる。ぼくは、自分の出版社も、そんなふうでありたいと思った。起点も終点もなく、ぽっかりまん中が空いたまま、けれど絶妙のハーモニーを奏でる。そんな……。

だからたぶん、一階のドーナツ屋さんはぼくたちにとって、中心ではなく、周縁部の仕事をこなしてくれたのだろう……。

と書いたけれど、それは精確ではない。どこにも中心などないのだ。編集の仕事をどれほどしたところで、本を届ける仕事をどれだけ多くしたところで、中心は空いたまま。その空いたところに、真理であったり、人生を賭して希求しつづけるものがあり、その周辺をぼくたちは回りつづけるしかないのだと思う。そんな思いを最近、強くしている。

けれど、中心という言葉を使う時点で、いまのぼくには勘ちがいが支配しているのではないか、と愕然とする。まさか、自分が会社の中心になろうとしていたのではないか！「ガムランのような出版社」とは真逆ではないか。創業期の頃のほうが、直感でよくわかっていたのかもしれない。少なくとも、もっとドーナツ的であったことは間違いないはずだ。

一年半そのワンルームで働いたあと、そこから徒歩十分ほどにある古民家へと引っ越すことになる。以来、自然と、そのドーナツ屋さんに行く機会は減った。

あれから六年が経ち、いまでは、そこにドーナツ屋さんはもうない。

かといって他の店が入っているわけでもない。ぽっかりと空いたまま。ドーナツ屋さんは、最後に、建物をつかってドーナツをつくってしまった。

いま、あのビル――ドーナツ屋のなくなったあのビル――をオフィスとして使っている人たちに、ちゃんと逃げ場はあるだろうか。変な打ち合わせや、「大」はどうしてるの？

ときどき、そんな心配をしている。むろん、無用な心配でしかない。それでも、何度も何度もくりかえしてしまう。辿りつくことのない問いを、何度も。

そういう場所から始まった。

手作りドーナツの味

俵　万智

幼いころ、母と一緒に、よくドーナツを作った。まんなかに丸い穴のあいた、ドーナツ専用のお玉を初めて見たときには、びっくりしたっけ。ホットケーキ用の粉を水で溶いて、そのお玉ですくう。熱した油に静かに沈めて、待つことしばし。油の底のほうから、ぷうーっと膨らんだドーナツが、浮き上がってくるのだった。

川越の「ジミー・スナック」で手作りのドーナツを頬ばっていると、久しぶりに、そんな昔のことが思い出された。今日の朝、ご主人の榎本恒丸さん（五〇）が、この店で揚げたドーナツだ。懐かしい、優しい味がする。

榎本さんがこの店を始めたのは、一九七二年。それまでは日比谷の「ジミー・スナック」に勤務していた。日清製粉がパイロット事業としてオープンした店である。

一階がドーナツショップ、二階三階ではスパゲティなどが出されていた。のれん分けのような形で、実家のある川越にこの店を開店。内装やカウンターなども日比谷の店のスタイルを踏襲した。馬蹄形のカウンターは、当時としてはずいぶんハイカラなものだっただろう。大工さんが苦労して造ってくれたという。

もちろん、ドーナツの味も、日比谷と同じ。スパゲティ類も、どこか郷愁をそそるような味わいだ。私はミートソースを注文したのだが、これまた初めてスパゲティを食べたころのことを思い出した。

本場イタリアの、アルデンテのパスタも大好きだが、「お昼の麺類」としてのこういうスパゲティも、とってもいい。なんというか、心から安心して食べられる味だ。この店で、お昼にスパゲティを注文する人は、ほとんどが常連客だというのも頷ける。週に二度は来ると決めている人もいるらしい。

夕方になると、地元の高校生らが、寄り道をしてドーナツを買ってゆく。手作りの味わいとともに、一個七十円からという手頃な値段も、うれしい。

しかし今、このまま店を続けられるかどうか、むずかしい状況にあるという。店の前の道路の拡張工事が進んでいるのだ。車の通行量が増えれば、環境も変わる。

また、それにともなって、まわりの土地と合わせて、ここにマンションを建てようという計画が持ち上がってきた。広い道路に面することによって土地の値打ちは上がるわけだが、マンションの話に乗らなければ、ぽつりとここだけが残されてしまうことになるだろう。

川越では、市の中心部の蔵造りなどを残して、古い町並みを保存している。その風景が人気を呼び、平日でもかなりの観光客が来ていた。そこに保存され、きれいに化粧をほどこされた「昔」も大切だろうが、そのいっぽうで、ごくありふれた懐かしい「昔」が、無造作に消えてゆくとしたら、ちょっと寂しい。

たそがれのジミードーナツ頬ばればふつうの昔の味がするなり

手づくりドーナツの味

阿古真理

母がつくってくれるドーナツが好きだった。かき混ぜる間に卵と小麦粉と砂糖が黄色いドロッとしたたねになっていく工程も観ていて楽しい。舐めさせてもらうと甘くてうれしくなる。

レシピ本に載っているドーナツは型抜きするものが多いが、母がつくるたねは柔らかく、手にまとわりついてきた。それを両手でくるくる丸めて輪っかにする。中華鍋に熱した油に次々と落とす。周りにブツブツ泡が沸き立ってきて、端っこが茶色くなる。菜箸でひっくり返すと、こんがりきつね色になった裏側が表れる。両面が十分に揚がって中まで火が通ったら、網にあげて冷ます。「やらせて、やらせて」とせがむと、一つ二つ輪っかをつくらせてくれる。

ひと通り揚げ終わると、おやつの時間だ。揚げたての熱々をふうふう冷ましながら食べる。弾力のある柔らかさで甘すぎない。翌日からしばらくは、冷めたドーナツがおやつになる。

ドーナツをつくってくれたのは何年生ぐらいまでだっただろう。母は飽きっぽいタチだったので、ドーナツは次第に揚げなくなり、時折つくってくれるおやつは、オーブンで焼く焼きリンゴ、マドレーヌ、クッキーと替わり、しまいにはヨーグルトをかけて食べる煮リンゴになった気がする。

揚げものは後始末が面倒だ。大人になってその味をなつかしみ、「ドーナツ好きだったな。またつくってよ」と言っても、母は大きなナリをした娘の甘えには応じてくれなかった。

昔、町で売っているドーナツは今みたいに洗練されていなかった。油がたっぷり染み込んでぶよっとした濃い茶色。プラスチックケースに二つ入っていて、上白糖がたっぷりまぶしてあった。たまに食べると、油がギトギトしていて柔らかいし粉っぽいし、何より砂糖が甘すぎた。母のドーナツのような弾力もさっぱりした甘さもない。

二十六歳になって住んだ町には、駅前にミスタードーナツがあった。一号店は大阪・箕面市で、一九七一（昭和四十六）年にできている。一九九〇年代半ばのそのころには、よく知られたチェーン店になっていた。

形や味もさまざまで、トッピングが載ったものなどカラフルなドーナツは、味の違いを楽しめたが、何だかスカスカした感じで味わいが深くないのだ。スタンプを貯めればもらえるパスタ皿まで手に入れるほど通ったくせに、結局今ひとつ好きになれなかった。

近ごろドーナツ屋のチェーン店がふえた。素朴な手づくりの味を売りものにしているものをいくつか試してみたが、何となく粉っぽくて形も小さい。コスト計算をしなくて済む家庭での手づくりでないと、ボリュームとしつこくない甘さを兼ね備えたドーナツは食べられないのだと、半ばあきらめている。

ドーナツは、その気になれば自分でつくれることもわかっている。手元にレシピ本もある。しかし、油を大量に使うし、食べ切るのも大変だと二の足を踏んでしまう。確かにこのおやつは、かわいい盛りの子どものためにつくるものだ。

私が母につくり方を教わった料理は少ない。家庭科で調理実習を始める小学校高学年は、受験勉強のため台所から遠ざかった。中学高校時代は部活で忙しく、また自立が近づく思春期に入って母親がうっとうしい存在になり、「たまにはお手伝いしなさい」との声を背中に階段を駆け上がって自室にこもってばかりいた。

おかげで、母から長年「あんたには料理を仕込めなかった」とグチられた。はじめていろいろな料理のつくり方を聞いたのは、『うちのご飯の60年』を書くためだった。ドーナツのつくり方も聞くと、「あんなの適当。ホットケーキのたねをゆるめにつくったらいいだけよ」と言う。私はどれも実際にはつくらなかったが、聞いてもらえるだけで母はうれしそうだった。

母がレシピもなしにドーナツをつくれたのは、母の姉が七輪で揚げるのをじっと観ていた時期があるからである。進学のために広島市へ出たことがある伯母は、一九五〇年代に田舎の中学生だった母にとって都会の象徴だった。中原淳一編集の『ひまわり』などを携え、チキンライスやドーナツが得意料理の姉。その人は、食べたことのないハイカラなものをつくり、観たことのない世界を教えてくれる人だったのだろう。

私が二〇〇〇年代に入って暮らすようになった東京の町には喫茶店が少なく、夫とミスタードーナツに通った時期がある。相変わらずあの味を私は苦手で、チョコレート味やもちもちした食感がウリのシリーズなど、いろいろ食べてみたが、やはり人工的な味に思える。いっとき、おかわり自由のロイヤルミルクティーを出していた時期があって、よくそれを注文したが、人気がなかったのかコストの面で問題があったのか、すぐにそのメニュー自体がなくなってしまった。

ファミレスも少ない町なので、小さい子ども連れのお母さんたちには便利なのだろう。親子連れ数組が自室のごとく店を占領したときもあった。小学校入学前とおぼしき子どもたちが走り回って大騒ぎしているので、巻き込まれるのを恐れて真ん中の席には誰も近づかない。あえて子どもを無視するように話し込むお母さんたち三人。

自由で長居できる場所だったのがまずかったのか、その二、三年後に店は閉店してしまった。あるとき、店があった場所の近くの歯医者で、小学校低学年ぐらいの女の子が母親に「帰りにドーナツ食べたい」とねだっているのを小耳に挟んだ。

「でも、ミスタードーナツは閉まっちゃったでしょ」と母親が諭す。すがるような目をして子どもは母親を見つめる。歯の治療という苦行に耐えるのにご褒美がないの、とその目は訴えている。お母さんは代替案として「じゃあ、お母さんがドーナツつくろっか」と提案したが、子どもは即座に却下する。「ミスタードーナツがいい」

「いやいや、そこはお母さんのでしょう」と内心私はツッコミを入れる。

できあいの食べものと外食がすっかり日常に入り込んだ今、子どもたちはその味が安心できる材料を使っているかそうでないか、高級かB級か、そんなことにおかまいなくインパクトの強い外の味に出合い愛好するようになる。小学生時代からスナック菓子に、十代二十代はファストフードにハマっていた自分を振り返れば、そういう年ごろなのだと思う反面、子ども時代の好みが外食でいいのかとも不安に思う。もしかすると、昭和育ちは親の味を原点に持つ世代、とうらやましがられる時代が来るのかもしれない。

お菓子はときに人のノスタルジーをかきたてる

野口久光

ドーナツは、日本にも明治のころから西洋菓子、菓子パンの一種として普及していたようだが、日本ではどうやら子ども用のお菓子とおもっている大人が多いようである。

ところが、アメリカあたりでは大人もよくドーナツをたべている。サラリーマンが朝食代りにコーヒー・スタンドでドーナツをカップのコーヒーにひたしては食べていたり、パン屋で一、二個買って歩きながらたべている風景はめずらしくない。映画にもそういう場面はサイレントのころからずい分見てきた記憶がある。

物識りにきくと、あの穴のあいたリング型ドーナツはアメリカ式ドーナツで、穴のあいていないまんじゅう型のがヨーロッパ式ドーナツであるという。日本では子ども向きの菓子と考えられてきたドーナツも、欧米では大人用の軽食として愛用されているのである。

アメリカではそのドーナツ専門の小さな店やスタンドをよく見かけるが、大手チェーン・ストアの〈ミスター・ドーナツ〉や〈ダンキン・ドーナツ〉が最近日本に進出して、けっこう若者の人気を呼んでいることはご承知の通り、日本でも子どもばかりでなく大人もドーナツを食べるようになってきたともいえそうである。

余談になるが、日本の平均的大人はドーナツばかりでなく、アメリカ人の大人がよく食べるチョコレート、アイスクリームなどを子どものたべものと思い込んでいるフシがある。パンにつけるジャムやマーマレードまで子どものものとして敬遠している人が多い。それが左党になるほどひどいのは健康上の理由からかもしれないが、むしろ本能的にさえみえるのである。しかし食物のバランスをとるためにある程度糖分も必要であり、ことさらドーナツやチョコレートを極端に毛ぎらいするのはおかしいようにおもう。

もう一つ、日本のドーナツはベースの粉に砂糖分が入っている上に、揚げてから砂糖をまぶしたものが多いが、これでは全く子ども向きの菓子といわれても仕方がない。ところがアメリカのドーナツには砂糖っ気の少ないものが普通で、揚げたままのブレクファストにぴったりのものが愛用されているようだ。その手のドーナツがなぜか〈ミスター・ドーナツ〉あたりにも見当らなかったようだ。どこかの店で〈アメリカン・ドーナツ〉とうたって、ハダカの、つまり砂糖などをまぶしていないのを見つけたことがあるが、ちかごろはお目にかかれなくなったのはさびしい。

ドーナツは日本語にすれば揚パンということになるが、これもごく庶民的な食べ物としてこれに近いものがヨーロッパや近東、中国などにもあるようだ。中国で街路の屋台などで揚げている油條《ゆうじょう》というのもそれに近い。砂糖っ気はなく、小麦粉をこねて棒状にしてよじったのを揚げたものだが、ちゃんとしたお店にはあまりなく、街頭で買って熱いうちにかじるのがうまかった。平均的ドーナツよりも水気がかるく、パリパリしていて香ばしいのである。

日本のドーナツ、とくにちかごろのドーナツはフワフワした感じで、砂糖をまぶしたヤツは菓子そのものといった感じ、中に餡を入れたアン・ドーナツとなるとアンパンのいとこ分になる。このほかカレー・ドーナツというのも日本人の発明品であろう。

大正、昭和初期を知る古手の人間にはドーナツもなつかしい食べ物だが、このところリヴァイヴァル・ブームといったところかもしれない。

祖母とドウナツ

行司千絵

久しぶりに見た祖母の文字だった。

数えの一〇〇歳で亡くなって一〇年目の春、遺品を整理していたら、六冊の大学ノートが出てきた。一九九二年から、亡くなる二年前にあたる二〇〇二年までの日記だった。買い物に出かけたり、桜を見に行ったり。二九年間、ひとり暮らしを続けた祖母の日常がつづられていた。「読んだら、あかんのやろな」とためらいつつ、ページをくっていると、ある場所で目が止まった。

一九九二年三月七日㈯　くもり－晴れ

ドウナツを作る。美知子さんに、間にあって良かった。粉のカゲンが、かりかりとしてる。ちょっと砂糖が、多かったみたい。

美知子さんとは祖母の二女で、私の母にあたる。祖母の家と私が育った家は車で一五分の所にあり、しょっちゅう互いの家を行き来した。毎日、電話でおしゃべりをし、到来物のほか、日常のおかずやおやつをしばしば交換しあった。そんなひとつに、祖母が作るドーナツがあった。この日記は八七歳の時に書いたもので、母が祖母宅を訪ねた時に、おそらく手土産として持たせたのだろう。

祖母のドーナツは、私の家族も、いとこの家族も大好物だった。祖母がどうやって作り方を知ったのかは、今は知るよしもないが、私が物心ついた時にはすでにあった。直径六センチぐらいの輪っかタイプで、形はどれも不揃い。しっかり揚げたせいか、生地はやや硬め。砂糖など何もまぶさず、素っけないぐらいシンプルなものだった。ひとくち頰ばると、ほんのりと甘い。揚げるたびに新しいサラダ油を使ったためか、胸焼けせず、いくつでも食べられた。

一九〇五年生まれの祖母は、大阪で何不自由なく育ち、ハーモニカを吹くなど活発な子どもだった。本を読むのが好きで、東京・神田で書籍出版業を営んでいた祖父と結婚を決めたのは、単純に「本がたくさん読めるから」という思いからだった。祖父は主に子ども向けの本を作っていた。そのひとつが、北原白秋や浜田広介が顧問を務めた学習雑誌「カシコイ小学一年生」。今も、そのいくつかが色あせた状態で手元に残る。祖母は、お手伝いさんとともに三人の娘を育てながら、本の町での暮らしを愉しんでいた。

豊かだった生活は、太平洋戦争によって激変した。状況は日に日に悪化し、学童疎開をする子どもたちは増えていった。一家離散を危惧した祖父は一九四四年五月、家族そろって奈良へ疎開することを決めた。汽車を乗り継ぎ、丸一日かけて移動したという。だが祖父は終戦の翌年に病死する。「これだけあれば、不自由なく暮らしていける」と遺していた貯金も、戦後の超インフレで紙切れ同然となった。東京へ帰ることもままならず、祖母は日々の生計を立てるために、手先の器用さを生かして和裁をした。娘がそれぞれ独立すると、心臓の弱い長女と奈良市郊外でふたり暮らしを始めた。長女が四八歳で他界した後は、その家でひとり暮らしを全うした。

しっかりしているものの、人見知りで繊細な面も持ち、人付き合いは苦手だった。家事が得意で、日ごろ着るワンピースやコートを手で縫い、セーターを編み、布団の打ち直しや襖紙の張り替えも自ら行った。マラソンや国会のテレビ中継に熱中し、ゆり椅子に腰掛けて窓辺の風景を楽しんだ。ひとり暮らしのなかで、近所付き合いはしていたが、おそらく心の通う友達はいなかっただろう。学校で友達付き合いがあまり上手ではなかった私にとって、そんな祖母は大切な存在だった。年齢差は六五もあったが、不思議と気が合い、お互いに気を許しておしゃべりできた。

週末になると祖母宅を訪ねて、一緒にドーナツを作って、揚げたてを食べることもしばしばあった。材料は目分量で、ふくらし粉を入れすぎて苦い味になることも。成形もアバウトで、丸めた生地を手の平で平らに伸ばした後、中心部に人差し指を押し当て、遠心力を利用しながらくるくると回して、穴を開けた。

「おばあちゃん、今日はご飯おいしかった?」「今日も暑いな、たまらんな」。そんな、とりとめもない会話を電話でしょっちゅう交わした。祖母の人生のなかで、東京時代が最も楽しかったのだろう。神田での思い出もよく話してくれた。九七歳までは、母と私と三人で年に一度、東京へ旅行をした。それが毎回、楽しみだったようで、新幹線のなかでのおやつとして、前日に作ったドーナツを持ってきてくれることもたびたびあった。

木が枯れて、静かに朽ちるように、祖母は次第に弱っていった。これまで何気なくできていた身の回りのことが、ちょっとずつできなくなっていく。そんな思いも日記につづられていた。

一九九九年七月一九日(月)　くもり
ドウナツをつくる。いつものように上手に出来なかったが美知子さんに食べてもらう。

二〇〇一年一二月一八日　晴れくもり雨晴れ
今日は晴れたり曇ったりの日。年賀状を出す。目もだんだん悪くなるし、淋しい気持ちになる。

五月のある晴れた朝、朝刊を取りに行った玄関先で祖母は亡くなっていた。「電話の応答がないので、家に来てみたら亡くなっていた、という死に方がしたい」と、生前願っていた通りの姿だった。懸命に生きた祖母に対し、神さまはその願いをかなえてくれたのかもしれない、とも思う。

亡くなってまもなく、祖母の家を片付けるために台所の引き出しを開けると、一枚のチラシが入っていた。裏面には、鉛筆で書いた祖母の文字があった。

〈ドウナツの材料〉

メリケン粉　200グラム
砂糖　50グラム
バター　10グラム
ふくらし粉　6グラム
卵　1個
牛乳　少々

そうだった。私は祖母からレシピを受け継いでいなかった。そこまで思い至らなかったな。その日、チラシを持ち帰って母とドーナツを作った。「どの材料を先に入れるのかな」「バターは溶かすんやったかな」。生地が緩めで、成形が思うようにいかない。でも、揚げたてを食べると、久しぶりに懐かしい味がした。思わず涙が出て、慌てて仏壇にお供えした。

町で素揚げのドーナツを見つけると、つい買ってしまう。そして、ひとくち食べると祖母の味と違っていて、がっかりする。友達付き合いの上手でなかった私と、ひとり暮らしの生活を送った祖母。ともに過ごした時間から随分離れてしまったことに、私は気づかないふりをしようとするのだった。

ひみつ

田村セツコ

となりの席のK子ちゃんは、裏に竹林のある大邸宅のお嬢様。

雨が降ると、お手伝いさんが赤い傘と長ぐつを持って廊下に立っています。

「K子ちゃん、ホラ」、そっとおしえると「うん」と言ったきりです。

東京からT県に越してきた疎開っ子の私。

母の実家の物置きのような部屋に、ごやっかいになっていました。父は兵役に。

母は三人の子供をかかえて大奮闘。自分のメリンスの着物をほどいて、私と妹のワンピースを作ってくれました。

学校から走って帰ると、あらゆる出来ごとを、つつみかくさず報告するのが私の日課。「あらそう、よかったわね」、いつもおもしろがって、きいてくれました。

　ある日、学校の帰りにK子ちゃんのお家に寄ると、ピアノの部屋があり、ふたのところに、フランス人形が立っています。スカートの下のねじを巻くと、遠い、知らない国の音楽がきこえてきました。これは母に話す、とくだねができました。

　お手伝いさんが、おやつを運んできました。

　お紅茶と、丸い、わっかになったお菓子です。

　着がえてきたK子ちゃんの服は、レモン色の、レエスのワンピース。ギャザーたっぷり、ウエストはうしろで大きなリボン結びになっています。

「お姫さまみたい」

　おやつをたべおわるやいなや、K子ちゃんを連れて家に急ぎました。

「お母さん、みてみて。K子ちゃんの服、お姫さまみたいでしょ」

　母は、チラと、顔を出して、そっと横を向き、奥へ入ってしまいました。

　きっと、ぜったい、よろこぶと思ったのに……。

　K子ちゃんを、送っていって、ひとり帰る道で、あの、おやつに出てきた、丸い、わっかになっているお菓子。

　ふんわり、いい匂いの、たべると、ほろほろとほぐれる、まわりにまんべんなく

お砂糖がまぶしてある、あのお菓子のことは、母にはだまっていようと思いました。

そして赤い傘にも、オルゴールにも、おやつにも、いちども笑顔のないK子ちゃんのことを考えました。

お手伝いさんの他に、誰にも会わなかったお家のことも。

わざと、ナプキンでふかないでおいた指をそっとなめると、かすかな油の匂い……お砂糖の甘さは、もう、ありませんでした。

高度に普通の味を求めて

堀江敏幸

見たところ、それはあきらかに揚げパンだった。直径十センチから十二センチくらいの、中央部分がやや凹状にくぼんでいる焦げ茶色をした円形のパンが、薄暗いガラスケースに四列、端をわずかに重ねながらずらりと並んでいる。表面にグラニュー糖がこれでもかというくらいにまぶしてあるのだが、そこに油はまだ染み込んでおらず、白々と輝いている。

手書きの札にはベニェと記されていた。フランボワーズ、苺、クリーム、プレーン。クリームはカスタードクリーム入り、プレーンはなにも入っていない素のままを揚げたものだろう。他の中身は、果実ではなくジャムであると、酷暑のなか揚げ物顔のおばさんが教えてくれた。

行きつけのパン屋が夏休みで閉じてしまい、この間はどこそこの店で買って下さいと貼り紙がしてあったのでやって来た馴染みの薄い店のショーケースの前で、私はいくらか興奮していた。中央に穴もなくトッピングもない砂糖だけの簡素なドーナツに外で出会ったのもはじめてなら、こんなにおいしそうな顔をした、しかも外面を整えるという商品としての配慮のかけらもないばらばらな仕上がりを見たのもはじめてだったからだ。おかげでプレーンだけでなく全種類一個ずつ買っておばさんに呆れられ、せっかく遠出したのに日々のパンとしてのバゲットを買い忘れたことに気づいて、あとで自分にも呆れたほどである。

ともあれ油紙に包んでもらったベニェはまだ揚げたてのあつあつで、びっくりするほど重かった。部屋に戻って珈琲を淹れ、心を落ち着けてから、まずプレーンのベニェをひと口囓った。じゅわっとかすかな油分が舌を湿らせ、さくりとした実とじゃりじゃりしたグラニュー糖の粒の触感の差が歯を楽しませる。二口、三口。花弁状に開いた耐油紙にぱらぱらと白い粒が落ち、内側についた油分が頬に移ってもひるむことなく珈琲をすすり、もうひと囓りする。至福とはこのことだ。どうやら自分が粉を揚げた甘い菓子に執着があるらしいことはわかっていたのだが、なかなかこれはというものに出会えなかった。つまりそれが、二十五歳にしてめぐり会った、理想の品だったのである。

ところで、地域や生まれの差があるから一概には言えないけれど、私が育った昭和の地方においては、揚げパンのパンとはすなわち味気ない給食の食パンにほかならなかった。すでに飽食の時代で、家庭内では残すという悪しき選択肢も許されていたのだが、教育の場では出されたものはすべて食べなければならなかったから、子どもたちは先生に叱られないよう友だちとあれこれ取引をしてたがいに苦手な分野で協力し合っていた。

ただし、それは日替わりの部分に限定されており、パンと牛乳が個別に輝くことはほとんどなかったと言ってもいい。とくに面倒なのは妙なイースト菌のにおいが鼻を突くうえ、口のなかに入れるとねっとりしたダマになる例の食パンで、全部片付けられなかったときはしかたなく持参した布巾にくるんで家に持ち帰るしかなかった。和洋折衷というよりごたまぜの献立のなかで不動の位置を占める牛乳とパンは同時に厄介者でもあって、組み合わせによってはどうしても飲みきれず、また食べきれないという小さな悲劇が繰り返されたのである。幼稚園から小学校の低学年の頃までのあいだが、もっとも辛かった気がする。放課後にみなと遊び呆け、疲れて家に帰る頃にはパンのことなどすっかり忘れてしまい、「時間割を合わせる」ことも忘れて翌日学校に行って開いたランドセルから、あのもわっとしたにおいが立ち上って、ようやく食べかけのパンの存在に気がつくなんてことは日常茶飯事だった。ひどい場合には何日か前のかけらが底のほうから発見されたり、砕けて粉になったものがノートのあいだに散っていることもあった。

ある晩、学校から持ち帰った二枚の食パンに気づいた母親が、勿体ないと言ってそれをさっと油で揚げ、砂糖をまぶして出してくれた。湿っぽい上白糖である。これがかりっとして香ばしく、適度に胃にもたれてじつに美味しい。全国どこでも見られる、めずらしくもなんともないごく単純な揚げ菓子にすぎないのだが、あれほど扱いに困っていたパンが一瞬にして愛おしい甘味になったというだけで新鮮な驚きだった。

敗戦後間もない時期から給食の人気メニューとして君臨していた——いまはどうだか知らないのでこういう書き方になる——、コッペパンを揚げて黄粉をまぶした文字どおりの揚げパンが、不意打ちのように出現することがあったとはいえ、あれはその場で食べてしまうものだから、持ち帰りの不安とは無関係である。問題は変哲もない食パンのほうなのだ。私を、そして級友たちの一部を悩ませたパンは、その後、わが家で何度か揚げ菓子になった。しかし不思議なことに、最終手段としてこの手があるとわかってからは、なぜかパンの残量が減って、ついにはほとんど残らなくなったのである。身体が大きくなって、胃袋も成長したということだったのだろうか。

そのころから、郷里の田舎にパン類も置くお菓子屋やスーパーではなく「パン専門店」、言い換えればごくふつうのパン屋ができて——やがてそれらはスーパーの一角に入るチェーン店に駆逐されていく——、サンドイッチのために断ち切った大量の「耳」が安価で売られるようになったのだが、わざわざ耳だけを目当てにパンを買いに行くのも馬鹿らしい。

となれば、パンにこだわらず、最初から自家製の揚げものをつくってもらうに越したことはない。「うどん粉」を牛乳と卵で練り、さっと揚げる。いびつな肉団子みたいな固まりにしてどんどん揚げていくだけだ。お店のドーナツにあるようなアイシングもチョコレートのコーティングもいらない。強がりを言えば、シナモンやアニスの味付けも不要だ。それをただ砂糖にまぶして食べる。小学校高学年の頃は、給食よりもしっかりした味のパックの牛乳で、というよりこの場合は「ミルク」で似非ドーナツを食べた。あまり冷やしすぎない、できれば常温に近いミルクが望ましい。成長にともなって変化していったのはこの飲み物のほうだけで、中学から高校にかけてはインスタント、大学に入ってからはブレンドの豆を挽いた珈琲を合わせるのが習慣だった。

上京後はチェーンの安価なドーナツショップに入って、あれもこれもとつまみ食いをしたこともある。いろんな味と香りを楽しむことができたし、いまはしらず、お湯で一度溶いたような出がらし風コーヒーとの組み合わせも嫌いではなかったのだが、何度も通いたくなる味でなかったのも事実で、一つならまだしも二つ食べるとなにかが胃の腑に残り、体調を崩した。食べたければ自分で作る以外にない。そう考えて、独り暮らしのときはしばしば中華鍋でドーナツもどきを揚げた。油量は調節していたので、複数食べても胃はもたれなかった。

不可解なのは、夏の暑い盛りになるとなぜかこのドーナツもどきが食べたくなることで、独房みたいな薄暗い四畳半の下宿の、換気扇もない小さな台所のひと口コンロで揚げ物をしていたときの幸福感といたたまれなさのまじりあった複雑な気持ちはいまも忘れない。この環境こそが奇怪な形で揚げた穴のない《ドウ》の隠し味になっていたとさえ思うほどだ。もっとも、のちに妻が作ってくれたドーナツもどきは、かつての自家製がいかに下等なものであったかを理解させてくれる高度に普通で高度に素人らしい反復可能な味だったし、素材の質をよく吟味したこの十数年のバージョンは、複数食べても数時間後にはちゃんとお腹が減るくらい軽い。

とはいえ、家でしか食べないという決意が理に、ではなく欲求に合わないこともある。それに類した外貌の美味しそうな揚げドーナツが目の前にあったら、ぜひとも試してみたいではないか。どこにでもありそうな、正式にドーナツの範疇に入るのかどうかさえ本当のところよくわからない、球状のこともあれば地球近傍小惑星ふうのいびつな棒状になることもあるこのお菓子のうち前者のほうは、日本から撤退したチェーン店で売られていたことがあって、形は自分で作るものに似ていて甘さも十分だったが、私には油が合わなかった。

ドーナツにこだわらなくても、パンケーキやクッキーを食べていればそれでいいと考えることもできるだろう。でも、多少のカロリー増に目をつむるなら、揚げたものを選びたい。そんなわけで、生活の範囲内であれこれ試してみたのだけれど、これはというタイプにはなかなか出会えなかった。もっと積極的に調べて特定の店に狙いを定めていたら、話はちがっていたかもしれない。しかしそこまでの金銭的余裕はなかったし、偶然見つけたものに手を伸ばしたらそれが当たりだった、という順序を守りたかった。でなければ、自分で作ればよいのだから。

そして、二十代半ばに仏文科の学生として留学する機会を得、少し生活が落ち着いた頃に、私はとうとう先のベニェに出会ったのである。ジャムやクリーム入りのベニェもよかった。さくさくむしゃむしゃどんどん食べた。胃のもたれも許容範囲だったし、何度でも買いたい気にさせられる程度の高い普通を体現していた。パンの耳からの遥かな道のりを思って涙するまでには至らなかったとはいえ、ひととおり食したあと達した結論は、やはり自分はプレーンを好むという事実だった。

現在のように北米経由の、濃くてあまくてたっぷりした、ときどき食べるぶんにはお腹ばかりか心をも満たしてくれそうなドーナツを売る店で買い食いしても、私の心ははじめて買ったベニェの方に、いまや幻となったあの味に向いている。そう、幻なのだ。十数年後、仕事のついでに訪ねてみたら、揚げ物顔のおばさんが仕切っていたパン屋は不自然なほど明るい不動産屋になっていて、通りに面したガラス窓いっぱいに、色あざやかな別荘の写真が、お菓子の箱みたいに張り出されていた。

みんなの原で

井坂洋子

私は昭和二十四年の生まれである。戦争が終わって四年たって生まれた子であるわけで、〝戦後〟ということばは、まるで身内のように親しい。今は、私の子どもの頃とは、環境も食べ物も激変した。

家の近くに公園がある。そこは昔原っぱで、入口付近の一画は材木置場だった。太い材木が数本、隙なく並んで斜めに立てかけられていた。小学生の頃は、それを滑り台代わりにして遊んでいた。初夏ともなれば、丈高い雑草がはびこり、しゃがむと体がすっぽり覆われるので、鬼ごっこに最適だったのだが、母は雑草の中に入ってはいけないと言うのである。友達に不満そうに漏らすと、皆、うちのお母さんもいけないって、と口を揃えて言う。それでも禁を破って、高い草をかきわけて息を殺して隠れたりはしたが、鬼に見つかる前に、きまって誰かが「きゃあ気持わるい」と声を張りあげた。ずっとしゃがんでいると、下がジメついて感じられるし、むきだしの足や腕に葉がちくちくあたり、赤い茎にはすさまじい数の赤いアリが昇り降りしている。日が暮れる時間には、少し風がでてきて、奥の大きな葉がざわざわと揺れ、不安な感じもした。そんな時に、顔見知りではあるが名前も知らない近所の女の子が、「あっちのほうに男の人の死体があるんだよ」などと草むらの一方を指差したこともあったが、みんな黙って材木の滑り台によじのぼり、駆け足で降りるとそのまま、散り散りに家に走って帰った。子どもの頃に見ていた風景というのは、ただの風景ではない。その向こうから押し寄せてくる気配を感じとっていたのだと思う。

ちょうどその頃、母がよくドーナツを作ってくれた。重曹入りのちょっと苦い味のする、堅く不恰好なドーナツだが、揚げたてのそれを砂糖にまぶして、弟と夢中で頬張った。喉につっかえそうになるが、ウッとくるその感じもおいしさの範疇だった。母は私の友だちの母親たちに比べて若く（私は母が二十一歳のときの子だ）、新しい料理を取り入れようという気持ちがあったと思う。ペレメチュというロシアの揚げ菓子も、私と弟の好物だった。小麦粉を丸く平たく伸ばし、ひき肉や玉ねぎを包み込んで揚げ、からし醬油をつけて食べるのである。

子どもの頃の食べ物は、風景と同じように、単なる食べ物ではない。母が作ってくれたおやつには、特別な思い入れを持つ。うちはごく平均的な家庭だが、ドーナツやペレメチュに、ハイカラなものを食べているという喜びがあったと思う。ドーナツを紙に包み、友だちと、原っぱの材木滑り台で食べたこともあった。こぼれた砂糖を赤アリや黒アリが巣に運ぶところを想像し、家で、アリの巣の絵を描いたりもした。

くり返しになるが、まだ戦後の残滓が様々なところに漂っていた時代であり、街角やガード下に、傷病兵が白装束でアコーディオンなどを片手で弾いていた。その前に置かれた箱の中に、小銭やお札などがわずかに入っていたと思う。が、近寄る人は誰もいない。

母から聞いたところによると、戦後、お米の代わりにメリケン粉が配給になったそうだ。メリケン粉、ということばの響きが、じつに戦後っぽく、私は思わずそれ何？　と聞き返してしまったが、小麦粉のことである。各家庭の主婦が、メリケン粉で何を作るか頭を悩ませたらしい。私の祖母は講習会に出向き、蒸しパンをこしらえたという。ドーナツも、そうして作られた。

その後一気にアメリカ文化が押し寄せ、コーラやハンバーガーやピザ、ロックやジーパンと一緒に、お店で売られている柔らかく甘いドーナツがありふれたものとなったが、私は原っぱでみんなと食べたあの堅くシコシコとしたドーナツの味が忘れられない。ざわめく葉の下の男の死体とは、戦争で倒れた兵とは言わないまでも、過去の記憶の亡霊だったのではないだろうか。

第二章
ドーナツの時間

カフェーのドーナツ

岡尾美代子さんのエッセイにある京都と大阪のコーヒー屋は、あの店とあの店だな、とあたりが付く。今となっては稀少な存在となってしまったが、かつて街のあちこちで見かけたレトロなカフェー――五所平之助に倣い、そう呼ぶことにする――には、何故かメニューにドーナツがあった。もちろん、手作りの素朴な味わいのドーナツである。

何故、こういう懐かしい雰囲気を醸し出しているカフェーのメニューにはドーナツがあるのだろう。ドーナツを齧りながら、よく考えたものだ。そして、そうしたカフェーの座席は、何故か電車やバスに使われているようなビロード素材の布だった。

このカフェーのことは何度も書いているので、ええ加減にせなあかん、と思っているのだが、やっぱり書いてしまう。ドーナツを思い出させるカフェーのひとつ、それは、京都の六角通りにあった「夜の窓」である。

ここの中庭に面した南側の部屋には、赤いビロードのベンチシートがあり、そこに座ると決まってドーナツが食べたくなった。一番人気はパフェだったが、とにかくドーナツを頼まないと落ち着かなかった。ふわふわなんてしていなくて、何の飾り気もないプレーンなドーナツ。高柳佐知子さんのエッセイにある「壺いっぱいのドーナツ」のような懐かしい味のドーナツを齧りながら、ただただ本を読む。時間が有り余っていた学生時代の至福の午後だった。

おまけのドーナツ

林　望

　ドーナツというと、今の若い人たちは、ミスタードーナツなどの専門ショップで、あれこれ趣向を凝らしたのを買って食べるものと思っているかもしれないけれど、私にとってのドーナツは、まったくそういうのとは違っていた。

　昭和二十四年の生まれだから、まだ世の中は戦後そのもので、日本中みんな貧しい時代であった。

　だからお菓子といえば、紅梅キャラメルとかグリコとか、森永ビスケットなんてのがせいぜいのところで、それも一種の贅沢品のような気がした。

　世の中にはまだドーナツ専門店なんてどこを探してもありはしなかったから、もしかすると不二家とかそういうお菓子屋さんで、多少売られていたかもしれない、という程度の記憶しかない。

私の母は、もう二十年近くまえに亡くなったが、そもそもハイカラ趣味の人であった。

そうして、手先が器用で、洋服でもお料理でも、たいていのものは自分で作ってしまった。

だから、世の中ではケーキづくりなんかがまだ一般化していない時代に、クリスマスのデコレーションケーキであろうとアップルパイであろうとなんでもござれ、あんころ餅から、今川焼き、お汁粉にクッキー、それはもうオールマイティの腕前であった。

私はそういう母に育てられて、小さな頃から、その料理の手伝いをさせられていた関係で、いつのまにか、たいていの料理の仕方を覚えてしまっていた。

スポンジケーキを作るというときには、全卵と砂糖を泡立て器でカチャカチャと音高く混ぜる、それもよくよく空気を取り込みながら、大きく泡立てていく、というわけで、

「いい？　こうやって三〇〇〇回泡立てるのよ」

と言っていた母の口調を、今もはっきり思い出すことができる。そうして母は、率先垂範、やがて自分の手が疲れると、私に交代を命じ、私は腕がバカになるほど、泡立て仕事をやったものだった。

その代わり、こうやって手伝った息子には、焼きあがったケーキの、ほかほかしたいちばんいい香りのするところを、ちょっとだけ切って食べさせてくれたりもした。それは楽しいご褒美であったが、おそらくそういうご褒美は、どんな高級店で売っている銘菓よりも甘露の味わいであったような気がする。

だから、このごろ、料理の本なども私はしきりに書いているけれど、それは昨日今日の付け焼き刃で書いているのではなくて、五十年を超える長い仕込みの成果なのである。

この母は、器用なだけでなく、とても気さくでマメな人であった。

どうだろう、こういうことがないだろうか。

たとえば、天ぷらを作る。

すると、どうしても、衣の生地が最後に少し残ってしまって無駄になる、ということが……。

そんなとき、母は、残った生地を捨ててしまったりせずに、

「いいもの作ってあげる、ちょっと待っててね」

とか言いながら、その残りの生地に、もう少し小麦粉を混ぜて、砂糖や、ベーキングパウダーなんかを加えて、それから、いままで天ぷらを揚げていた油で揚げて、さっさとドーナツを作ってくれたものだった。

スプーンで器用に掬って、金属ヘラの上に丸くドーナツ型に成形してから、そっと油に滑らせることもあったし、ポトンポトンと、丸くピンポン球のような形にして油に落とすこともあった。

その一方で、バットには、砂糖とシナモンなどを混ぜておいて、揚げたばかりのジュウジュウいっているドーナツをその砂糖のバットのなかにポイっと入れてくれる。それをよくよく砂糖のなかでまぶすのは、これまた手伝いの私の役目であった。ドーナツが全部揚がるころには、砂糖のほうはだいぶ油まみれになって、バットのなかにはまだ熱いドーナツが良い香りをさせている……。

そうやって、母は、いつも手早く食後のデザートのドーナツまで作ってしまうのであった。

現代の子供たちからすると、そんな残り物のドーナツなんて貧しいような気がするかもしれないが、私にとっては、やっぱりじゅうぶん美味しくて、その揚げたてのドーナツをフウフウいいながらかじるときの楽しみは、また格別であった。

母がそんなふうに教えたとおり、私は今でも天ぷらなどの衣が残ると、どうしても「おまけのドーナツ」を作ろうかな、と思わずにはいられない。

そうして、こんなふうに材料を一切無駄にすることなく、「美味しいものは家庭で作るのよ」ということを教えてくれたことは、子供の教育としても、こよなく大切なことであった、と今にしてつくづくと思い当たるのである。

愛の時間

熊井明子

ドーナツ、とつぶやいただけで、幸せな気持になる。ドーナツは、ほのぼのと明るく心が満たされたときの思い出と結びついているからだ。

まずは、母と一緒のドーナツ作り。まだ幼かった私にとって、ドーナツを作ることは粘土遊びよりも楽しかった。ひも状にしたものを輪にするのだが、まん中の穴が大きすぎたり、小さすぎたり。それでも自分で作り上げる達成感は大きかった。

四人きょうだいの私にとって、ひととき母を独占できることも嬉しかった。ドーナツは油を熱するので危険だから、と弟たちや妹は遠ざけられ、長女の私だけが母を手伝った。大げさに言えば、ドーナツ作りは母と私の〝愛の時間〟だったのだ。

母のレシピがどんなものだったか、くわしいことは覚えていない。

ちなみに、丁度その頃、家に『お菓子の作り方百種』という百ページほどの冊子があった。戦前のものなので、母が結婚するときに持ってきたのかもしれない。そこに収録されている「ドーナッツの作り方」は、当時の一般的なものに近いと思われるので紹介してみよう。

ドーナッツの作り方　　金森久和子

材料と器具＝メリケン粉コップ一杯、焼粉《やきこ》小匙一杯、砂糖大匙四杯、牛乳大匙四杯、玉子半個、ナッツメッグ少々（なければ入れなくても結構）、鉢、粉篩《ふる》ひ、鍋、木杓子、俎《まないた》、麺棒、ドーナッツ型、箸、新聞紙等。

準備＝材料や器具が揃ったら、メリケン粉と砂糖と焼粉、ナッツメッグを、篩ひ混ぜておき、揚油を火にかけておきます。油は何でも結構です。

＊

（一）バタと砂糖と玉子を順々に鉢に入れて煉《ね》り混ぜ、〔「プレイン・ケーキ作り方」写真（一）参照〕写真のやうに、篩つた粉類をもう一度篩に入れて、牛乳と交互に少しづつ篩ひ入れながら、混ぜ合せます。
（二）混ぜ合せるには、木杓子で軽く、粉の足をださぬやう、混ぜ合せることが大切。
（三）混ぜた材料を、メリケン粉を振つた伸板《のしいた》の上にだして、軽く捏《こ》ね合せます。
（四）次に麺棒で、二分くらゐの厚さに伸《の》し、ドーナッツ型で抜きます。
（五）は、ドーナッツ型で抜くところ。型がなければ、手で輪に作れば、よろしいです。
（六）揚油の煮えたところ（紫色の煙が立つたら）へ入れ、上下に返しながら、ふつくりと揚げて、油をきり、粉砂糖をまぶします。

（「主婦之友」昭和七年三月号附録）

母がドーナッツを作ったのは、戦後のまだ物資に乏しい時代のことだから材料は小麦粉と牛乳とベイキングパウダー、揚げてからまぶす砂糖位だったのではないだろうか。だがそのシンプルな味が好ましくて、以後、私が作るドーナッツの基本となる。

また、型抜きの器具も母同様、私も使わない。

次の至福のドーナツ・タイムは、私自身が母親となって、娘と共にドーナツを作ったひとときとき。彼女は、はっきりした性格の子で、私に反撥することも多かったが、二人でドーナツを作るときは仲良し母娘となった。その円形が心をおだやかにし、中央の空間が気の流れをよくして緊張をやわらげたのかも？

彼女は父親似の完全主義者で、私よりも形のよいドーナツを作った。材料に卵を加え、揚げたてにシナモンシュガーをまぶした味のすばらしさ！　母と私のひととき同様、これもかけがえの無い〝愛の時間〟だった。

娘が結婚して家を出て、熊井と二人になってからは、しばらくドーナツから遠ざかっていた。だが、彼がオフの時、撮影にそなえて体力作りを、と毎日一時間ほど散歩する習慣ができてからは、帰宅時間を見はからってドーナツを作るようになった。

私のレシピでは、冷めるとやや固くなるので、タイミングが難しい。ほどよい出来上りを二人で食べながら、彼の次の映画の構想を聞く時間は貴重なものだった。

歩くことは、体力作り以上に頭の働きをよくし、斬新な発想を呼ぶといわれている。古代ギリシャの哲学者プラトンの弟子アリストテレスは、回廊を歩きながら講義を行ったので逍遥学派と呼ばれるし、ニーチェはこんなことを述べている。

「すべての真に偉大な思想は、歩いているときに考え出された」

多分、誰にとっても歩くことは、多かれ少なかれ、そうした効果があるのだろう。熊井にとっても、そうだったと思われる。

そんな高揚した心のままに語る言葉に耳を傾けながら味わったドーナツ。二度と戻らない〝愛の時間〟のなつかしい味——。

クリームドーナツ

荒川洋治

クリームドーナツという呼び名のパンが好きだ。二年前から、K駅のわきにあるコーヒーとパンの店に通う。一二〇円。やわらかくて、おいしい。この店でつくるものが特においしいと思う。どうしても原稿が書けないときとか、書けるなこれはと思ったときなど（矛盾するが）この店に、飛んでいく。ミニバイクで八分。クリームドーナツに到達である。

調子のいいときは、そこでクリームドーナツを三つくらいたいらげたいのだが、店の人に、「あら、あの人、またクリームドーナツだわ」とみられるので、ひとつふたつ別の種類のパンをいっしょに買う。するべきことはした。店の椅子にこしかけ、ひと息つく。それからまず二番目に好きなアップルパイを消化。そして目標のクリームドーナツを消化する。ひとつの、おわり。

静寂のひとときが、おとずれる。それから、袋のなかの「テイクアウト」で買ったもうひとつのクリームドーナツをそっと出して、食べる。この手順だとあまり目立たない。

雨の日も風の日も、いまだと決めたら飛んでいく。天気が荒れてきて、途中で引き返したくなっても、あきらめない。雨でびしょぬれになって戻ってくるときもある。犬みたいに。

五〇歳を過ぎた。するべきことはした。あとはできることをしたい。それも、またぼくはこうするなと、あらかじめわかるものがいい。こんなふうな習慣がひとつあって、光っていれば、急に変なものがやってこない感じがするのだ。

店の黄色い袋がずいぶんたまった。好きな本などをそこに入れたり出したりして、ぼくは子犬のようによろこぶ。この間、ある人が、

「そういうことなら」

と言って、同じような店の赤い袋を、ぼくにくれた。

〈ドーナツを食べた日〉――「富士日記」より

武田百合子

（昭和四十三年）

（略）

八月二十六日（月）　一日中雨、降ったりやんだり

隣りの部屋からは、イビキが聞える。出されたとうもろこしを私はすぐ食べてしまった。松方さんの膝の向う側に寄せておいてある、残りのドーナツとクリームパンらしいものが食べたい。松方さんが「どうぞ」と言って下さらないものかしら。食べたい。夕飯を抜いてきた私は空腹のため、くらくらとしてきて、部屋全体が遠のいてゆく。天井も欄間も障子の桟も、松方さんの顔も近藤さんの顔も遠のいて小さくなってゆく。小学生のころ授業時間に、どういうわけか、先生の顔も黒板も天

井も皆の顔もはっきりとしたまま小さくなっていって、先生の声も遠くで聞える——あれがやってきた。

十時頃、おいとまする。廊下へ出ると真向いに、富士の五合目から上の小屋の灯が、八合目まで一列に点々と灯っている。いつもより大きな灯りだ。今夜は吉田の町と同じように、山じまいのたいまつを焚いているのかもしれない。

近藤さんは、まだまだ、もっと話をきけばよかったという風であった。いつも早寝の主人は眠くなってきたらしい。「おれ、此の間、トラピストに行ってきたばかりだぜ。『中央公論』にトラピストと富士山とごちゃごちゃになってきたぞ。これから帰って、トラピストを書かなきゃならないんだよお」と言っても、近藤さんは「まだまだ、もっと」と、少しもくたびれていない。

吉田の八百屋で。ぶどう五百グラム百円、レンコン一節百十円（この高さ‼）、大根二十五円、さつまあげ八枚八十円、豚肉二袋二百円、ピース十箱五百円、梨四個五十円。

パン屋で。パン一袋五十円、チーズ六個百五十円、せんべい二袋二百円。

火祭りの日なので、どの店も遅くまで店をあけていた。

近藤さんをSランドに送って帰る。

十一時、私は夜の御飯を食べる。空腹のため頭痛までしてきたのが、大回復。主人は倒れる如く就寝。今日は清遊をした。


（昭和四十五年）

六月五日（金）　くもり
四十雀、あかはら、かっこう、うぐいす、いりまじって朝暗いうちから啼く。

朝　ごはん、じゃがいもとわかめ味噌汁、オムレツ。

昼　黒パン、カレースープ、チーズ。

富士吉田へ買出しに。

八百屋。いちご二百円、茄子六個百五十円、むきそらまめ五百グラム百五十円。

酒屋。Hぶどう酒一升三百円、缶ビール二千四十円、タバコ二千円、マッチ百十円。のしいか二袋二百円、マヨネーズ九十円。

菓子屋。ドーナツと柏餅四百円、パン四十五円。

S農園で。大和芋二個百五十円。

吉田の町で雨が降り出し、すぐやむ。
菓子屋は、隣りのレコード屋のところにまで店を拡げて半額大売出し。黒山の人だかりでケースの中の菓子はほとんどない。レコード屋は斜め向いに引越しした。

（略）

（昭和四十六年）
六月三日（木）　くもり、夜になり雨
朝　ごはん、鮭と卵と玉ねぎの油炒め、じゃがいもとわかめ味噌汁、みつばの酢味噌和え、夏みかん。
昼　カレーライス。私はドーナツを食べる。
夜　ラーメン（野沢菜と肉の油炒めをのせる）、プリンスメロン。
畑の菜っ葉の間引き。

（略）

ドーナツ

岡尾美代子

私の知るかぎりでは京都と大阪、この2カ所に手作りのドーナツが食べられるコーヒー屋があります。ここでは紙ナプキンを敷いたお皿の上にちょこんと載せられ、小さなフォークを添えて、少しかしこまったかんじでそれはサーブされる。フォークで小さく切り分けながら食べるドーナツは、ふだん食べ慣れているものよりも上等の味がして、いつも少しだけ私は緊張してしまう。店内は感じ良くて、いたってコージーな雰囲気。ドーナツもおいしいのに緊張してしまうのはナゼなんだろう？どちらの店も常連の人ばかりだから、その中に混ざって食べてるせいもあるんだろうけど、本当はいつもの自分とドーナツの関係とずいぶんと違ってるからなんでしょうね、きっと。だって私にとってのドーナツは、トレイの上にポンと載っけられてたり、紙袋に入れられてたり、もっとB級な食べ物だから。フォークなんかと一緒に出てきちゃうと、友達の知らなかった一面を見せられてしまったような気がして、ちょっと緊張してしまう。大げさだけど。

好きなんだけど、特別な感情は持ちたくない存在とでもいったらいいのかな。濃くてまずいコーヒー、もしくは薄くてまずいコーヒー、あるいは味のしないコーヒーと一緒に無心にもぐもぐ食べる。おいしいけど特に感想も感激もない……それくらいの存在でいいんです、ドーナツって。えーっと、自分にとっては、です。

ドーナツ・メモランダム

丹所千佳

その先はドーナッツ、その先はドーナッツ、虫歯のひとは立入禁止
（穂村弘『手紙魔まみ、夏の引越し（ウサギ連れ）』）

＊

はらドーナツが去り、ドーナップラントが消え、ミスタードーナツも中心部の繁華街からはなくなった。クリスピークリームドーナツに行列を見ることはもはやなく、フロレスタも名前を変えて、京都仕様なのか、和風っぽい別のお店になった。かように、全国区のドーナツ店が猛威をふるわない街・京都であります。

＊

ドーナツ二四時。

京都でドーナツといえば、多くの人がその名を挙げるであろう「ひつじ」。「hohoemi」というパン屋さんが、本当はドーナツをやりたかった、どうしてもドーナツをやりたい、と始めたと聞きます。一〇年近く続いた人気のパン屋さんをたたませるとは、おそるべしドーナツ。

それはとても優しい味で、自然酵母や胚芽玄米が使われています。プレーンやチヨコなどのドーナツに、きび砂糖や和三盆やココアパウダーが別添えで、食べるときに袋の中でまぶすようになっている。ひとつ、ふたつ、友達へのおみやげにもうひとつ。

おやつの時間は一日に二回あるんだということを思い出す、一〇時、ひつじ。

夢中で読んでいた本から顔を上げて、ほっと一息、ドーナツを注文する。コーヒーのおかわりも。ミルクは入れて、砂糖は入れない。

一五時、六曜社地下店。

仕事の帰り、そういえば、と食事を取り損ねていたことに気づき、気づいたとたん猛烈におなかがすいて、さっき友達がくれたドーナツを手に持っていることに思いいたる。

ここは駅だが、閑散としているので問題ない。ベンチに座って無心でむさぼる、おいしいと評判のドーナツ屋きんぞう、評判にたがわず。気づけば三個ぜんぶなくなっていた。自分が食べたくせに、もうないことにさみしくなりつつ、されどおなかはくちく、幸せな気持ち。

二〇時、一乗寺駅のホーム。

打ち合わせと称して、いえ正真正銘仕事の打ち合わせで、親しい人とお茶をする。小さな町家のドーナツ屋さんで、ふたりして迷いながら選ぶ。わたしはレモンのドーナツにしよう。まるいテーブルの上のまるいお皿にまるいドーナツ、円満に話は弾む。

お昼ごはんにはまだ少し早い一一時、ニコット&マム。

友人との外食後、今日はいつもより早めに解散、なんとなくまっすぐ帰る気になれず電車に乗る前に駅のまわりでうろうろ、そういえばさっきの夕飯にはデザートがなかった。ケーキ屋さんは閉まっていてもパン屋さんならまだ開いている。買って帰って家で食べよ。

進々堂のあんドーナツ、小腹にちょうどいい。いつもはこしあん派であっても、あんドーナツならつぶあんでもいい。普段はものを食べないようにしている時間だけれど、ゆるす。ドーナツはわたしに甘い。

背徳の味、二三時のドーナツ。

高校生のとき、放課後友達と自転車をわっせわっせと漕いで、家とは反対方向のミスタードーナツに向かった。とにかくおなかがすく時代だったので、すぐにありつけて甘くてカロリーが高くてお手頃価格のドーナツはたのもしい。

私たちにはドーナツがあった。箸が転がるどころかただ箸を見るだけでも笑うような、それでいてすぐに泣きたくなったり苛立ったり、なにしろ情緒は不安定、そんなお年頃にぴったりの食べ物だったのかもしれないドーナツは、と今になって思った。

一七時、京都市右京区丸太町通りのドーナツ。

ずいぶん小さいころ、家で作ってもらったり作らせてもらったりしたドーナツ。たしかホットケーキミックスを使ったんだった。あれを使えば簡単にできる。わっかのと、ボール状のと。いつの日かの、まだ外が明るい夕方。

＊

記憶の中のドーナツは、いつも完璧な◎。

＊

ドーナツには、「むしゃむしゃ」とか「ぱくぱく」とか、ベタな擬態語が似合う。

手に持ちやすい、食べやすい形。

ドーナツとはいったい何なのだろう。

お菓子であるのはたしかだけれど（「スイーツ」と呼ぶのはしっくりこない）、それじゃあまりに広すぎる。では、揚げ菓子……たしかに揚げたお菓子なんだけれど、同じくらいポピュラーなクッキーを「焼き菓子」と呼ぶほどにはしっくりこない。パン屋さんで売られているのをよく見かけても、パンとは違う。ジャンルの無効。しいて言うなら「ドーナツ」というジャンルなのでは。その中にあんドーナツとかチュロスとかが含まれる。

さもなくば、お菓子というよりおやつと呼びたい。ドーナツはおやつに入りますか？　はい、ドーナツこそがおやつです。永遠の定番。ブームになることはあっても、すたれはしない。抜群の安定感安心感で、わたしたちを迎えてくれる、それがドーナツ。ドーナツは、永遠のおやつ。

ニューヨーク・大雪とドーナツ

江國香織

ニューヨークに来ている。着いた日はみぞれまじりの雨が降ったり止んだりで、次の日は快晴だったけれど風が強くて初日より気温が低く、三日目はまたみぞれで、降っても照っても毎日大変寒いのだった。

きのうは大雪だった。おととい の夜、寝るときには降っていなかったのに、早朝、目をさますと世界から音が消えたようになっていて、窓の外は何もかもがすでに厚く雪をかぶり、さらなる粉雪が霏々《ひひ》と、まるで空と地上のあいだの空間をすべて埋めつくそうとするかのように、勢いよく降りしきっていた。

日課にしている二時間のお風呂からあがるころには、雪の一ひらずつがすこし大きくなっていて――それともあれは、周囲があかるくなったためにそう見えただけだろうか――、向いのビルの屋上――おそらく、テラスつきのペントハウスだと思われる――で、真黒な犬が雪まみれになって遊んでいるのが窓から見えた。

　私は友人に会う約束をしていた。待ち合せ場所の念押しをするための、手紙というかメモのようなファックスも受け取っていて、それによると待ち合せ場所までは、船に乗って行くようだった。空模様が空模様なので心配になり、フロントに電話をすると、幼稚園と小学校は休校で（私はそういう場所には行かない、と、反射的に思った）、飛行機も次々欠航になっているが、船はいまのところ運航予定だと教えてくれた。それで私は仕度をし、ころころに着ぶくれてタクシーに乗った。

　その友人に会うのは十年ぶりで、会えるのが嬉しい半面、信じられないような気持ちでもあった。十年前に会ったときも、十数年ぶりの再会だった。だから実質――というのは間違った言い方ですね。でも、親しかったころから数えると――二十数年ぶりなのだ。

　タクシーをおり、積もった雪を踏みしめ踏みしめ船着き場に行くと、でも船は欠航になっていた。

　わあ、というのが、私の思ったことだった。わあ、困った、というのが。船がでないのでは、待ち合せ場所に行かれない。ということは、彼女もこちらに来られない。しばらく茫然としたあとで、公衆電話を探せばいいのだと気がついた。私は電話を持っていないが、彼女は携帯電話を持っているから。それで、また、雪を踏みしめ踏みしめ、歩いた。

電話はなかなか見つからず、それ以前にそもそも私がなかなか前に進めず、街仕様のブーツと、ホテルで借りた重すぎる傘（あとでわかったのだが、傘の上に雪がびっしりくっついていた）を投げ捨ててしまいたい気持ちになったとき、それが目に入った。それというのは公衆電話ではなく、スターバックス。

自慢ではないが、私はこれまで一度も、スターバックスという店に入ったことがない。入るのが何となく気恥かしい、というのがその理由で、気恥かしいから近寄らない、と周囲に公言してもいた。禁煙だし、フレーバーとかトッピングとか、よくわからないことを訊かれるらしいし。でも――。降りしきる雪のなかで、私はその緑色の店をじっと見つめた。店は道の向う側だが、私の前にはまっすぐ横断歩道がのびている。まるで、『オズの魔法使い』の黄色いレンガの道みたいに。

気恥かしさに拘泥している場合ではない、と、私は判断した。寒かったし、お風呂あがりに水をのんだだけだったので、ぜひともコーヒーがのみたかった。これまで一度も入らずにきたのに、と思うとすこししゃくだったけれど、殺風景なオフィスビルの立ちならぶその界隈で、そんな時間にあいている店は他にありそうもない。

入ってみると、そこは想像どおりあかるく、想像どおり暖かく、気恥かしいことは何もなく、ごく普通のカフェだった。コーヒーの、いい匂いがたちこめている。私はコートのボタンをはずし、二、三人いたお客さんのうしろにならんだ。外はまつ毛が凍りそうに寒いのに、お店の人たちはみんな半袖のポロシャツを着ていた。腰にきりっとエプロンをして、笑顔でてきぱき働いている。そして、私はガラスケースにドーナツがあるのを見つけた。ドーナツ！　濡れたブーツのなかで足がかじかみ、突然の温度変化で鼻も頬も赤くなっているに違いないこういうときに、コーヒーとドーナツ以上にふさわしいものがあるだろうか。

私は入口近くのテーブルにつき、熱いコーヒーをのんでドーナツをたべた。おもては吹雪なのにそこは暖かく、ドーナツは甘く、さっくりしていておいしかった。いいところじゃないの、スターバックス。そう思った。

ドーナツをたべると、いろいろなことを思いだす。かつて、一年間だけアメリカの田舎町に留学していたころのことを。ともかく、何かというとドーナツなのだった。私と、仲のいい女の子たちのあいだではそうだった。小さなパーティ、試験勉強、ドライブ、内緒話、何をするにもドーナツが欠かせなかった。十二個買えば一ドル九十九セント（たぶん）になる、という不思議なシステムが当時ダンキン・ドーナツにあり、十二個もたべられないだろうと思うのに、買うとたべてしまうのだった。

そんなことを思いだし、身体も温まって落着くと、公衆電話を探すより、タクシーでまっすぐホテルに帰って電話をする方が、断然早いし確実だ、ということにやっと思い至った。それでそうしてみたところ、驚いたことに、ホテルのロビーで、その友人が待っていてくれた。

「船が動いてないのに、どうやって来たの？」

互いに歓声をあげたあと、釈然としない思いで訊くと、友人は怪訝《けげん》な顔をして、

「私が住んでるのはマンハッタンだもの」

と、言った。それからいきなり笑いだし、私が物事を全然把握していないのが昔

どおりで可笑しい、と言い、把握していないのに行動できるところがすごい、とも言ったのだけれど、枚数が尽きてしまったのでこれは次回に続きます。

テンダーロインの『ヴェローナ・ホテル』（第三話）

松浦弥太郎

サンフランシスコの悪名高い街角、テンダーロインにある『ヴェローナ・ホテル』では、朝の八時になると、朝食用のドーナツが、段ボールに入って一階のロビーにデリバリーされる。その時間になると、待ってたとばかりにほとんどの宿泊客は寝巻きのままロビーに集まってくる。段ボール箱からドーナツをひとつ取り、ポットのコーヒーを紙コップに注ぎ、古ぼけたソファに身体を沈めて、この名物ともいえる『ヴェローナ・ホテル』の朝食を嬉しそうに味わう。寝巻きに裸足。おはようと互いに声をかけあい、新聞を読んだり、ぼうっとしたり、宿泊客は思い思いにリラックスしながら朝を過ごす。

そんな朝食時に必ず顔を合わせて、おしゃべりを楽しむ中国人の青年がいた。彼の名はチャンといった。チャンは四カ月も『ヴェローナ・ホテル』に泊まっていると言った。ピアノが好きで、夕方になるとロビーに置いてあるアンティークのピアノを弾いている姿をよく見かけた。何度か夕食をホテルの隣のチャイニーズレストラン『鳳凰』で一緒にしたこともあった。何かあれば親身になってくれる、とても親切な明るい青年だった。なぜサンフランシスコに来たのかと訊いたことがあったが、肩をすくめるだけで答えることはなかった。

ある日、朝食の時間にロビーに降りると、いつもと違った重々しい雰囲気が眩しい朝陽の中に漂っていた。ソファには、このホテルのオーナーであるイタリアンマフィアのボスが神妙な顔つきで座り、その周りにはいかにもギャングの風貌の男たちが五人座っていた。誰一人口をきくものはなく、宿泊客は、ドーナツとコーヒーを手に持って、おのおのの部屋へと戻っていった。いつも顔を合わせるチャンの姿もなかった。そういえば、ここ数日、僕は彼を見かけることがなかった。

夕食の時間になり『鳳凰』で、いつもの半チャーハンとワンタンスープを頼むと、シェフが僕にこう訊いた。「昨日のこと知ってるか？」「なんのことですか？」「チャンのことだ」「チャンがどうかしたの？」「彼は死んだよ。殺されたんだ」「え？

殺された？　なんで？」「今から言うことは秘密だぞ。いいな。実をいうとチャンはチャイニーズマフィアの一員だった。彼らはイタリアンマフィアと抗争を続けていて、どうやら、チャンは『ヴェローナ・ホテル』のオーナーへの刺客だったらしい。それがバレて捕まり、始末されたらしい」「そんなばかな……」チャンがチャイニーズマフィアであること。刺客としてホテルに泊まっていたこと。どれひとつ僕には信じられる話ではなかった。そして、そんな映画の一シーンのような話が、自分が泊まっているホテルで起きるなんて。僕はショックで呆然《ぼうぜん》とするしかなかった。

次の日、チャンがあの笑顔を見せて、ひょいと現れるような気がしながら、朝食のドーナツを取りにロビーに降りると、オーナーは一人でジュークボックスのガラスに両手を置いて、曲を選んでいるかのようにじっと立っていた。そして、ポケットの中から小銭を出し、コインをジュークボックスに入れ、曲名を選ぶボタンを指で強く押して、ため息を大きくついた。かかった曲はイタリアのカンツォーネだった。僕がドーナツとコーヒーを手に持ってロビーの隅のソファに座っていると、オーナーはゆっくりと振り返り、僕のことをじっと見つめたと思うと、にっこりと笑い、おはようと小さな声でつぶやき、カンツォーネの曲に合わせながら身体を揺らして僕の方へ歩いてきた。

オーナーが実はイタリアンマフィアのボスであること、そして、昨日聞いたチャンのことがあるから、僕は足がすくんでしまっていた。オーナーは僕の目の前に来て、「横に座ってもいいか」と言った。「どうぞ」と答えると、「今日は本当にいい天気だ」とオーナーは言った。「君は日本から来たんだね。今頃、日本はどんな気候だい?」「夏です。サンフランシスコより蒸し暑いです」「そうか。君はチャンと仲が良かったらしいけれど、このホテルで知り合ったのかい?」「え? はい、そうです。ここで毎日食べる朝食の時間に会いました。彼はもうホテルにはいないのですか?」僕は考えもせず、思わずこう訊いた。すると、オーナーは「ああ、チャンはもういないよ。彼はおととい故郷に帰ったよ。旅人は皆いつかどこかに帰るんだ……」オーナーは次々と出勤してくる掃除係のおばさんたちに手を挙げて挨拶をしながら、答えた。「チャンは死んだのですか?」僕はオーナーに訊きたかったが、まさかそんな勇気はなかった。

その日の夜、ロビーには埋め尽くさんばかりの花が飾られていた。あたかもチャンを弔うようにしてロビーは花で満ちていた。「この花はどうしたの？」と、フロントのウェンに訊くと「今朝、オーナーが持ってきて飾っていったんだ」と言った。テンダーロインの『ヴェローナ・ホテル』では、今でも毎朝ドーナツが宿泊客に配られ、オーナーはジュークボックスに音楽をかけに現れている。

ドーナツも「やわらかーい」

東海林さだお

ラーメン屋の行列に並んだことがある。

親子丼（玉ひで）の行列に並んだことがある。

「峠の釜めし」（デパートの駅弁大会）に並んだことがある。

ローストビーフ（パーティ会場の）の前に並んだことがある。

だから大抵の行列には慣れているのだが、ことドーナツとなると、ちょっとなあ、と、ひるむところがある。

ドーナツということになるとスイーツということになるんだろ、スイーツということになると女の人だらけということになるんだろ、と、ぼくに限らずおじさんならば誰だってたじろぐ。

「おじさん、けっこう並んでるみたいですよ。そりゃあ大半は女の人ですけど」

と、実際にドーナツの行列に並んだことのある編集者が言う。

この人は若い男性で、カノジョといっしょに並んだという。

行列のできるドーナツ店というのは、いまテレビのワイドショーやグルメ番組などで盛んに取り上げている「クリスピー・クリーム・ドーナツ・ジャパン」のことで、どうもなんだかどういうドーナツなのか、という興味で、いつもそうしたテレビの画面を眺めていたのだった。

どういうドーナツなのか。

「トロトロでフワフワなんですね。で、クリーミー。おじさん達が知ってる昔のドーナツはけっこうみっしりしていて、モクモクした食感がありましたよね。そのモクモクが消えてフワフワ」

「いまはもう何でも、ユルユルのトロトロ、つまり『やわらかーい！』現象がドーナツにも及んだ、と」

それにしてもなぜおやじがそういう行列に並ぶのか。

「ホラ、いまどこでも話題になっているので、課長とかが買って帰って、みんなに振る舞ったりするらしいですよ。人気を取ろうとして」

「クリスピー・クリーム・ドーナツ」というのは発祥がアメリカで、一九三七年創業というから、ぼくは全然知らなかったがずいぶん昔からあるドーナツで、世界各地に支店（約400店）があり、日本には昨年（二〇〇六年）の12月に新宿駅近くに第一号店を、ことしになって有楽町に二号店を開店したというので、いま盛んに話題になっているというのだ。

「おやじも並んでいる」という証言を得たので、一号店に行ってみることにした。

線路をはさんで「TAKASHIMAYA」の反対側あたりに一号店はあり、午後の四時半ぐらいに行ったのだが、線路上の陸橋の上にまで行列が延びていてその長さ約四十メートル。

並んでいるのは九割が女性だが、確かにところどころにサラリーマン風のおやじが立っている。

行列のそばを、ドーナツ店の店名入りの大きな包みを抱えてイソイソと職場に戻るらしいおやじも通る。

店の前には「只今の待ち時間40分」という表示。

とにもかくにも行列の最後部に並ぶ。

一分も経たないうちに、ぼくのうしろにた

ちまち四人、そして十人。

　ぼくの直前は、夕方で寒くなっているのにワイシャツにネクタイのおやじ風サラリーマン。

　行列は誰だってイライラする。

　車の渋滞と同じで、二分経っても一歩も前に進まないときがあって、そういうときはイライラが募る。

　このイライラは、その人のせいではないのに、自分の直前の人に向けられることが多い。

「この寒いのにワイシャツ姿で、いったいどういうつもりなんだ。バカか、おまえは」

　せっかく一メートルほどの間隔ができたのに、七十センチほどしか前進しない。

「もっと進め。ノロマか、おまえは」

　行列が店に近づくにつれ、この店の包みを持って歩いている人があちこちに見られる。

　道ばたにすわりこんで、包みを開いて食べているＯＬグループもいる。

四十分並んでようやくドーナツをゲット。一箱12個入り、一七〇〇円というのをゲット。

一個は平均170円なので12個入りは少しお得になっている。

〝寒空にワイシャツ〟は12個入りを二箱もゲット。

12個入りの箱はかなり大きく、タテ23センチ、ヨコ36センチもあるのでかなり目立つ。

おやじ系は必ず二箱、三箱と買うので、人数は少ないのだがどうしても目立つ。

買って帰って開けてみた12個入りは壮観であった。

色とりどり、形さまざま、立ちのぼる甘い香り。

ドーナツを食べるのは何年ぶりだろう。

12個の中に、溶けた砂糖を表面にベットリと塗ってテカテカに光っているのが1個あって、その甘さといったら悪魔的で、羊羹の甘さとも、ショートケーキの甘さとも違い、ああ、これがドーナツの甘さなのだ、ああ、こうしてわたしはダメになっていく、わたしのメタボはダメになっていく、という甘さだった。

全体的には確かにフワフワ、トロトロで、こうして時代は変わっていくのだ、の感をひとしお感じるドーナツだった。

真面目な人々

小池昌代

ともだちと喧嘩した。

大人げないようだが、彼女も悪い。

しばらくすると、メールが来た。

「謝りたい」

返事をしなかった。

またメールが来た。

「○月○日○時、○○で、どうでしょう?」

反省してるみたい。

「了解」と短く返信した。

「はやとちりだったし。自分でしっかり確認したわけでもないのに、変な噂を信じてあなたを侮辱した」

(そう、そのとおりだわ)

「もういいわよ。わたしも感情的になったのは、大人げなかった」

待ち合わせた喫茶店で、わたしも彼女にそう言って謝ったが、顔はひきつっている。

「これ、よかったら食べて。あなた、ドーナツ、好きでしょう。なかなか、おいしいの」

彼女が差し出したのは、平たくて大きな箱。

(こんなもので、ごまかされないわよ。それに持ち運びに、ずいぶん、かさばるじゃない)

ここのドーナツ屋、実はよく知ってる。店ができたばかりの頃、試しに買って、その「軽い甘さ」に驚いた。

秘密は、焼きドーナツの上にかかっている、薄い砂糖のコーティングにあるらしい。食べるとき、電子レンジに8秒かける。パッケージにも、そう、明記してある。8秒とは微妙な数字だが、素直に従ってみると、表面の砂糖がほんのりと、とけ、焼きたて風が、味わえた。

　ドーナツといえば、誰もが知る有名な老舗のチェーン店があって、わたしも学生時代はよく利用した。喧嘩した彼女とも、何回かは、行った覚えがある。けれどいつのまにか、足が遠のいた。あの単純な甘さに飽きてしまったのだ。

以来、袋に入ったドーナツを買うこともあったし、パン屋に売っているドーナツを買うこともあったが、どれも、いまひとつだった。自分で作ることは考えもしなかった。

　ドーナツというのは、確かにおいしいのだが、口のなかでぱさつくというか、もたつく感じがあって、一個も食べると、けっこう、おなかがいっぱいになってしまう。

　でも、ここのは、ちょっと違うんだ。みんなもたぶん、そう思っているんじゃないかな。だって、店の前には、いつも長い列ができているもの。

　列に並ぶのは好きじゃない。誰かに見られたら、かっこ悪い。それでもどうしても、あのドーナツが食べたくなると——それはたいてい、大きな何かが片付いたあと、なんだけれども——すいている時間を見計らって並び、最初は一個とか、せいぜい二個くらいを自分のために買っていた。穴のあいた、あの不思議な形に誘惑されるのであろうか。ブラックコーヒーとドーナツのペアが、帽子のように頭にはまってしまって、どうにもはずせない、という一日がある。

そのうちわたしは、大胆になり（というのも変だが）、半ダース、一ダース単位で買うようになった。いろいろな意味でそのほうが合理的でずっと得だから。たとえば一ダース（十二個）なら、十個分の値段。二個はおまけ。

（そんなにたくさんのドーナツ、よく一人で食えるな）。

呆れる声が聴こえてくるが、とにかく軽い食感だから、朝食がわりに二個食べて、おやつに二個、一日三、四個ずつ食べても、三日か四日で綺麗になくなる。

一個とか二個のために列に並ぶのは不合理だ。太る、という以外に、ドーナツを一ダースで買わない理由は見つからない。

ただ、「箱買い」の眺めはなかなか壮観で、ああ、また、買ってしまったという罪悪感を覚えないわけでもない。箱のなかに、一個一個、平置きされているのもぜいたくで、そろそろこういうことは、止めなければならない、と思っていた矢先の、彼女からの贈り物。

　というわけで、差し出された箱のなかに、三個×四列のドーナツがきれいに並んでいるのを、わたしは透視することができた。

　彼女もこれを買うために並んだのかしら。ちらっと思ったが、それがどうした？

　しかし黙っているのもなんなので、

「実は食べたことある」と白状する。

「あ、知ってたの」

「長い列ができたでしょう。並んだの？」

「当然よ。こんなもので申し訳ないわ」

　彼女は値段のことを言っている。そう。ドーナッツって、せいぜい、一個百円。高くて百八十円。ここのは百六十円。二百円、三百円のドーナツって、いくら美味しくても、あまり食べたくはないな。つまり、ドーナツがドーナツと呼ばれていい、ある価格帯ってものがあるわけね。

「でも、8秒ルールは、微妙よね」とわたしは言う。

「そう。問題はその8秒なのよ。うちの電子レンジは、10秒単位でしか指定できないから、どうしようって、最初は、そんなことで混乱したわ」

「まだいいじゃない。うちのは1分が最少単位よ」

「ふうん。で、どうしているの」

「当然、途中でやめる」

「8秒くらいのところで?」

「ええ。8秒くらいのところで」

わたしたちは、ちょっとだけ笑った。

途中で止めるには技術がいる。威張るほどのものではないが。少なくともレンジの前にはりついていなければならない。とはいえ8秒って、一呼吸しているうちにたってしまうのだけれども。

問題は、8秒などではなく、8秒を守ろうとする、わたしたちの真面目さのほうじゃなかろうか。1分はちょっと長過ぎるにしても、10秒なら、8秒とそんなにかわりはない。それは守るべき時間というよりも、「目安」にすぎないと考えることもできたはずだ。だったら、8秒ほど、という表現も可能だった。そうでなく、8

秒と言い切っているからには、これは試行錯誤のはてに導き出された絶対値というわけなのだろう。

それにしても、なぜ、わたしたちは、8秒と書いてあると、それを疑いもせずに、必死に守ろうとするのか？　ここでもまたわたしはドーナツの輪の呪縛にはまりこんでしまったようだ。食い意地が張っているだけのことだとしても、そもそもわたしには、電子レンジに長くかけたために、食材をだめにしてしまったという苦い経験もあった。

このあいだ、両親に、このドーナツを一ダース買っていった。初めて見た母は、まあ、こんなたくさん、と目を丸くした。

「大丈夫よ。軽いからすぐに食べられちゃうわ」

二人は八十を過ぎたが、どちらもお酒を飲まず、甘い物が大好きだ。

最後にわたしは念を押した。

「おかあさん。8秒よ。8秒だけ、電子レンジにかけてね」

帰宅して、夜、布団に入ってから、ふとそのことを思い出した。たぶん、母は、

8秒だなんて言われても、そんな微妙なことをしなかったのではないかと思う。電子レンジにかけないで、冷たいまま食べてくれたのだったら、むしろ、まだいい。

しかしわたしがあんなことを言ったものだから、とりあえず電子レンジにはいれただろう。そしておそらく、8秒を無視して、やっちまったんじゃないか？　3分くらい。

ドーナツを長くマイクロウェーブに晒すとどうなるのだろう。わからないが、考えるだけで怖い。破裂するか固まるか溶け出すか。ともかくドーナツがドーナツでなくなり、ぶよぶよとした、あるいはごつごつとした、気味の悪い、ただのかたまりになる。たぶん。

怖がってばかりいても仕方がないのだから、実験でもしたらよい。しかしドーナツは食べるものであって実験するものではない。もったいない。このような考えから、わたしは身動きがとれなくなってしまった。母からはドーナツの感想が何も帰ってこない。それが、ますます、ドーナツをだめにしてしまった証拠のような気がして、母にも聞けないという、このわたしって、少し変。ドーナツの輪の呪縛にがんじがらめになってる？

最近は、和菓子などでも、そのまま食べるのではなく、モナカに餡をつめたり、ところてんを押し出して別袋のジャムをかけたりと、購入者に一手間かけさせ、新鮮に美味しく食べてもらおうと趣向を凝らしたものがけっこう多い。でも母のような高齢者は、その一手間ができなくなっていて、案外、戸惑っている。そういう彼らに、8秒だなんて、到底、無理。それをいとも簡単に、言い残してきたわたしを、わたしは悔やんだ。なぜ、あのとき、一回でも試しにやってみせてあげなかったのか。

わたしが子供のころ、母が作ってくれたドーナツは、ホットケーキミックスを利用した簡単なものだった。穴もあいていないし、ただ、団子状に丸めたものを、油で揚げる。お砂糖をたっぷりまぶしたそれは、信じられないくらいにおいしかった。よく揚げないと、おそらくなかまで、火が通らなかったのだろう、色は焦げる寸前の、かなり濃い茶色。ごつごつとして、岩のかけらみたいだった。

そんなことを思い出しながら、

「ドーナツって自分で作ったことある?」と料理の得意な彼女に聞く。

「ないけど、考えたことはある。穴あきドーナツの型を、実は持ってる」

「へえ。いつ買ったの？」

「けっこうむかし。通販で」

「作ればいいじゃない」

「買ったほうが早いもん」

そして食べるのも、あっという間だわ。

わたしたちは似た者同士。ワンクリックで買ってしまい、それに満足して、作らない、読まない、使わない。ああ最低。

ドーナツなんかでごまかされたわけじゃないけど、喧嘩を続けるのは、気力と体力が要る。折れることにするわ。

心を鎮めた壺いっぱいのドーナツ

高柳佐知子

ドーナツは昔懐しいおやつで、食べる時はいつもこどもの頃母が作ってくれたような素朴なタイプを選んでいましたが、昔のような味のドーナツには出会えず興味を失っていました。けれど、L・M・モンゴメリの『エミリーはのぼる』に、夜中に壺いっぱいのドーナツを食べるところがでてきて、これは絶対真似しようと思いました。

壺にいっぱい手作りのドーナツが入っているなんてとても幸せだし、真夜中に食べるというのも常識外れでおもしろい。けれど、エミリーはとてもおもしろいどころではなかったのです。『エミリーはのぼる』は三部作の二冊目で、他に『可愛いエミリー』と『エミリーの求めるもの』（共に、新潮文庫）があります。

モンゴメリの自伝的な物語といわれ、作家になるまでの彼女の夢と涙が詰まっています。

エミリーは幼くして両親を失い、いままで会ったことのない母方の独身のエリザベス叔母さん、ローラ叔母さん、叔母さん達のいとこのジミーさんが住むニュームーン農場にひきとられます。エミリーは、自然がいっぱいの美しいニュームーン農場と風情のある屋敷と古いしきたりのある暮しにすぐ馴れ大好きになりますが、厳しいエリザベス叔母さんと個性の強いエミリーは事あるごとにぶつかりあいます。

エミリーは作家か詩人になりたいという強い望みを持っていて、見たこと感じたことを書かずにはいられないのです。これはエリザベス叔母さんは勿論、やさしいローラ叔母さんにも全く理解できないことでした。少し変ったところのあるジミーさんだけはエミリーのことを理解してくれて、エミリーが窮地に陥った時何度も助けてくれます。

時がたちエミリーはシュルーズベリー高校へ行かせてもらうことになりますが、その時だしたエリザベス叔母さんの条件は、シュルーズベリーに住むルース叔母さんの家に下宿することと、ものを書くことは一切止めるということでした。ものを

書くなということはエミリーにとって息をするなと言われることと同じこと、頑なに拒否するエミリーにジミーさんは、

「教育は大事だ。頑固になってはいけないよ、猫ちゃん」とやさしく言い、エリザベス叔母さんの誇りも傷つけないように〝事実でないことは学校に行っている三年間は書かない〟という条件に変えさせてくれました。

ルース叔母さんとエミリーは初めて会った時からお互いに反発しあう間柄でしたが、エミリーは学校へ行きたいため、ルース叔母さんは自分の義務を果すためにしぶしぶ同居します。こんな二人のぶつかりあいは日常的なものでしたが、エミリーはある夜、高校のコンサートでルース叔母さんが許さない劇にでて大成功をおさめて帰ってくると、ルース叔母さんは家中の戸に鍵をかけてしまっていました。エミリーはこの仕打ちに怒り、もう二度とルース叔母のところには戻らない。他に下宿してはいけないなら学校もあきらめよう。ニュームーンは大騒ぎになるだろうけれど、もう我慢も限度を越えた、エミリーは怒りのためニュームーンまでの七マイルの道のりを薄いコートときゃしゃな上靴で歩いて帰ってきてしまいます。

寝静まっていると思ったニュームーンの台所に明りが見え、窓からのぞくとジミ

ーさんがひとりいてドーナツの入った磁器の壺に手を入れまるまる太ったドーナツを取りだしているところでした。エミリーの出現にジミーさんは驚き、もうルース叔母さんのところへは戻らないと宣言したエミリーをストーブの側に座らせ、

「さあ、すっかり話してごらん」と言ってエミリーのルース叔母さんへの憤懣を聞いてやります。ジミーさんはエミリーの話をききながら、「ドーナツをお上り、猫ちゃん」と、しきりにドーナツをすすめます。エミリーはドーナツは大好物でお腹も空いていたのですが、

——反抗心と煮えくりかえる憤懣とドーナツでは似合わない気がした。性質がはっきり相反している。漠然とそんなことを考えて——エミリーはドーナツを辞退した。

たしかにドーナツは、ドーナツと聞いただけで楽しく暖かい気持になるおやつで

す。

けれど、ジミーさんは、エミリーがルース叔母さんの意地の悪い言葉を次々と話している間にも相づちを打ちながら、

「ドーナツをお上り、猫ちゃん」と言い続けます。エミリーはついに誘いにのりドーナツを食べはじめます。すると、食べているうちにだんだん悲劇的な気持は薄れていきますが、ルース叔母さんへの不満はいくらでもあります。ジミーさんは又、

「さあ、これで全部吐きだしたから、ずっと気持が楽になっただろ。ドーナツをひとつどうだね」

エミリーは笑ってドーナツを食べながら、

「このドーナツはおいしいわ。それにこんな途方もない時間に物を食べるというのはなにか無軌道な感じがしない？どうして起きていたのジミーさん」

「病気のめ牛だ。起きていて世話してやったほうがよかろうと思ってね」

ふたりは壺をからっぽにしてしまいます。

エミリーはいつものエミリーになり、

「エリザベス叔母さんは、ジミーさんが一人で壺いっぱいのドーナツを食べてしまうなんてあんまりだと思うわよ。食いしんぼうのジミーさん」と笑い、

「ああ、小説を書きたいわ、ジミーさん」と苦しい思いを打ち明けます。ジミーさんは、

「そのうち時期がくるよ。ちょっと待つんだ。わたしらが物事を追いかけなくても、物事のほうがうしろからついてきて、わたしらに追いつくことがあるからね」と励まし、エミリーは、ジミーさんとドーナツのお蔭ですっかり元気になって、また歩いてシュルーズベリーに帰っていきます。


ニュームーンでは、いつもドーナツを壺いっぱい入れておくのがしきたりなのでしょうか。厳しいエリザベス叔母さんと壺いっぱいのドーナツ、相反するけれど素敵です。

ニュームーンのドーナツは、昔母が作ってくれたようなシンプルなドーナツでし

ょう。私はそれまでお菓子はいろいろ作ってもドーナツは作ったことがありませんでしたが、古い「お菓子作りの本」からレシピをみつけて作ってみたらイメージ通りでした。油っぽくなくてしっかりした歯ごたえ。これなら夜中に食べても大丈夫。壺は以前友人にもらった大きなクッキージャーがぴったりです。けれど、私の周りは食べ手が多いので、壺いっぱいを確保するには、レシピの分量の三倍は必要でした。

第三章
ドーナツの穴

◉コラム③

ドーナッ的なる、もの

ドーナツに心惹かれるのは、そのおいしさだけではなく、あの形によるところが大きいと思う。村上春樹さんのエッセイにあるように、ドーナツは「ただ単に真ん中に穴のあいた一個の揚げ菓子であるに留まらず、「ドーナツ的なる」諸要素を総合」している。門野栄子さんはおへそと呼び、細馬宏通さんは、ドーナツははたして穴なのかと考える（私は読みながら、早く食べろ、と突っ込みを入れてしまう）。宮司の松村忠祀さんは、そこに海の回転を見、目には見えない世界に思いが及ぶ。

朝の連続テレビ小説の中でも、ドーナツの穴に哲学的意味を見出そうとする男性が登場した。

竹輪やレンコンなど、何故か穴のあいたものばかりが並ぶ食卓で、男性の恋人の母親が最近はどんな研究をしているのかと尋ねる。その答えは「ドーナツの穴についてですね」。ドーナツをドーナツたらしめている穴はドーナツの一部と言えるのかどうか、ドーナツの穴をどうやって食べるか、その存在と意味についての哲学的考察である。

その食卓に並んでいる竹輪だって、穴がなければかまぼこであってもいいし、レンコンだって、穴がなければヤーコンであってもいい。しかし、正直なところ、こんなことで頭を悩ませたくない。さっさとパクつき、血となり、肉となってもらいたいものである。

ドーナッツ

村上春樹

今回はドーナッツの話です。ですから、今まじめにダイエットをしているという人はたぶん読まない方がいいと思います。なんといってもドーナッツの話だから。

僕は昔から甘いものがあまり好きではない。でもドーナッツだけは例外で、ときどきわけもなく理不尽に食べたくなることがある。どうしてだろう？　思うんだけど、現代社会においてドーナッツというのは、ただ単に真ん中に穴のあいた一個の揚げ菓子であるに留まらず、「ドーナッツ的なる」諸要素を総合し、リング状に集結するひとつの構造にまでその存在性を止揚されているのではあるまいか……、えーと、だから早い話、ただドーナッツがけっこう好きなんだということです。

僕がボストン郊外にあるタフツ大学に「居候《いそうろう》小説家（ライター・イン・レジデ

ンス)」として在籍していたとき、大学に行く前によくドーナッツを買った。途中の道筋にあるサマーヴィルのダンキン・ドーナッツの駐車場に車を停め、「ホームカット」をふたつ買い求め、持参した小さな魔法瓶に熱いコーヒーを詰めてもらい、その紙袋をもって自分のオフィスに行った。そこでコーヒーを飲み、ドーナッツを食べ、半日机に向かって本を読んだり、ものを書いたり、訪ねてきた学生と話をしたりした。お腹が減っているときには、車の中でそのままドーナッツをかじることもあった。おかげでそのころ僕が運転していたフォルクスワーゲン・コラードの床には、ドーナッツのかけらがいつもこぼれていた。自慢じゃないけど、シートにはコーヒーのしみだってついていた。

ところでドーナッツの穴はいつ誰が発明したかご存じですか? 知らないでしょう。僕は知っています。ドーナッツの穴が初めて世界に登場したのは1847年のことで、場所はアメリカのメイン州のキャムデンという小さな町。とあるベイカリーで、ハンソン・グレゴリーという15歳の少年が見習いとして働いていました。その店では揚げパンを毎日たくさん作っていたんだけど、中心に火が通るまでに時間がかかって効率が悪かった。それを見ていたハンソン君はある日、パンの真ん中に穴をあければ、熱のまわりがずっと早くなるんじゃないかと思って実行してみた。するとがる時間もたしかに早くなったし、出来上がった輪っか状のものも、かたちこそ奇妙だけど、かりっとしておいしくて食べやすかった。「おいおい、どうなっとるんかね（駄洒落《だじゃれ》）、ハンソン？」「うん、これって悪くないですよ、旦那」。というような次第でドーナッツが誕生した。そんな風にさっき見てきたみたいにきっぱりと説明されちゃうと、「おいおいほんとかよ」と眉に唾をつけたくなるけどちゃんとした本に載っていたから本当の話みたいだ。

揚げたてのドーナッツって、色といい匂いといい、かりっとした歯ごたえといい、何かしら人を励ますような善意に満ちていますよね。どんどん食べて元気になりましょう。ダイエットなんて、そんなの明日からやればいいじゃないですか。

おへそがない！

角野栄子

「ドーナツ　つくろうか」の声を聞くと、小さな姉と私はとびあがって喜ぶ。昭和十五年ころの木造家屋、台所の床板はがたがたと揺れる。床板は手ぬぐいぐらいの大きさで、木組みの上に並べてのせてあるだけ。歩くたびに音がするし、飛び上がれば、床板もとびあがる。一枚一枚取り外すと、暗い縁の下が現れる。下は三和土《たたき》で、糠床や、炭、醬油樽などが置いてあった。戦争がはげしくなってからは、糠床などは隅に追いやられ、そこに防空壕が掘られた。

　その頃、手作りのおやつと言えば、蒸しパンか、お汁粉ぐらいだったから、ドーナツはトクベツ、文句なくトクベツで、甘い匂いとともに、よそいきの世界が現れたような気がした。

戦争の気配が漂い始め、物が手に入りにくくなっていたとはいえ、まだお店には出来合いのお菓子、板チョコ、キャラメル、カリント、おせんべなどは並んでいた。そしてしばしば父のポケットの中に入り、お土産になって、小さな口へやってきた。その頃、お菓子は案外出来合いが多かった。「かき氷」だって、なんと出前。御蕎麦屋の若い衆が岡持ちに入れて、自転車で飛ぶように運んでくる。少々氷の山はくずれていたけど、うれしい夏のおやつだった。

ドーナツを作ってもらえるのは、ごくごくたまのこと。母を失くしていたので、同居していた親戚のおねえさんや、お手伝いさんのご機嫌次第だった。だから大騒ぎは不意に始まる。それだけにその嬉しさは格別だった。

まずお鍋に白い小麦粉、続いてたまごをぽんぽん、牛乳をそそぎ、ふくらまし粉(この頃はそう呼んでいた)を入れてかき混ぜる。私と姉はまだ小さくて、調理台のはじに指をかけて、爪先立って、お鍋の中を覗こうとする。

「ねえ、ちゃんとふくらまし粉、いれた？」

一人が言う。そして顔を見合わせる。

「いれた、いれた、確かよ」

不安を消すようにもう一人が大きな声で言う。

(ほんとうだろうか)

私は不安になる。いっぱい、いっぱい背伸びして、お鍋のなかを覗いても、中は白一色。どこにふくらまし粉がいるのかわからない。

でもこともなく粉はこねられ、平たく伸ばされる。これからはおちびさんたちも参加できる。踏み台や、みかん箱が用意され、乗せてもらうと、あてがわれた茶筒の蓋をにぎり、満身の力を込めて、押し切っていく。

「無駄が出ないようにくっつけてね」

そういわれても茶筒の蓋は小さい手ではしっかりと握れず、これは意外と難しい。

「じゃ、おへそのほうにしなさい」

薬瓶の蓋のようなものにかえてもらう。

「大きい丸のまんなかにまん丸よ。おへそだからね。まんなかよ。まんまるに押すのよ」

こんな気のきいた言葉が、飛び交った。

やがてぺったんこのドーナツ型した生地はたっぷりした油のなかにすべるように

入れられる。

「どいて、やけどするから、はなれて」

　このところが一番見たいのに……おちびさんはわきに追いやられる。

油のいい匂い。ぷかっとドーナツが浮かびあがったのが、はなれていても見える。

ちゃんと膨らんでいる。ほっ！

　やがて色黒になったドーナツは引き上げられ、半紙の上に乗せられ、こまかいザラメがぱっぱとかけられる。

「私がつくったおへそは？」

「これからよ」

「まんなかのまん丸」がぽんぽんと油に入れられ、ぷーっとふくれて、ちびボールになった。

「さあ、いただきましょう」

　仕事をしていた大人たちも、集まってきて手を伸ばす。でも、指でつまんでも、誰もがすぐには口に持っていかない。いっとき嬉しそうにながめる。この形に誰もが、しあわせを感じるのだろう。

「おへそは？」

私はこっちの方が気になる。

「いいわよ、たべなさい」

私は、素早く別の皿に山盛りになっているおへそボールを手に取り、ドーナツのあなにはめようとする。さっきからやりたくてたまらなかった。

それが不思議、はまらない。

ドーナツのアナから出来たおへそなのに。ついさっきまで、くっついていたのに。

なぜ、なぜ？

思わず押す手に力が入り、ドーナツは裂けてしまう。あわててくっつけようとしても、くっつかない。この時の無念さ。だれのせいにもできない。だまって下を向くばかり。

その時、大きな手が現れて、そっと取り替えてくれた。

戦争が始まった。

たまにキャラメルをポッケトに忍ばせて帰宅した父の背広は、カーキー色の国民服に代わり、そのポケットからお土産は出てこなくなった。ドーナツにぱらりと振った目の細かいザラメなんて、「そういうものもあったわね」という昔話になり、おやつと言えば、蒸かしたさつまいも農林一号。この芋の妙なうすら甘さと、つんとした匂いは私のどこかに負の遺産として、いまだに居続けている。

戦争が終わった。

二年ほどして、私は疎開先から東京に戻り、私立中学二年に編入した。通学の電車が、一段と高い秋葉原駅のホームに止まると、焼け跡の匂いがまだかすかに残っていた。

戦争で総てを失くしてしまったのに、人の力は素晴らしい。一日、一日、暮しはいい方向に向かい、町にも、今川焼とか、おまんじゅうとか、甘いお菓子が姿を現すようになった。そんなある日帰宅の途中に人だかりがあった。いいにおいもしている。いち早く再建し、ビスケットやシュークリームを売り出した洋菓子屋さんだった。通りに面したところに新しく、ガラスばりのスペースが出来、その中で四角張った大きな機械が動いていた。なんとドーナツ製造機だった。上の方に、下向きの蛇口のようなものが付いていて、そこからドーナツの生地がまるで生まれたての雲のようにふわふわふわわと回転しながら出てくる。その形は天使の頭上にでもただよいそうな、やさしい形をしていた。そしてぽとん、ぽとんと下の油の中に落ちていく。しばらくふわわふわわふわわと漂いながら膨れ、真ん中あたりで、フライ返しのようなものでひっくりかえされ、自動的に掬い上げられ、ザラメにまぶされる。まるで海を浮き輪が楽しげに泳いでいるようだった。あとから、あとからドーナツは見事に作られていく。誰の手も借りないで。

でも、おへそがない！

私は前のめりになって、いつまでも見ていた。

戦争がおわると、こんなことまで変わるのか。ドーナッツの運命も変わってしまった。

それから間もなくして、私はオートメーションという言葉を憶えた。

解けない景色

千早　茜

ドーナツは、私をもやりとさせる。

そういう菓子はちょっと珍しい。

私は食い意地がはっている。食べ物の話を聞いても、写真を見ても、本を読んでも、食べたいと思う。水族館に行けば「おいしそう」を連呼するし、動物園で餌を与えられている動物を見れば「いいな」と羨ましがる。

そんな私が、ドーナツを前にすると、とまどう。

嫌いではないのだ。ソフトタイプでもハードタイプでも、それぞれお気に入りのドーナツ屋はあるし、食べている時はもちろんのこと、食べた後に唇と指先についた砂糖を舐める時間までもが楽しい。

けれども、「ドーナツ好き？」と訊かれると、とまどう。

とまどった挙句、一拍おいて「ああ、揚げ菓子ね。好きだよ」といつも答える。

これは「揚げ菓子」と思うことで「ドーナツ」という単語から逃げている気がする。

ドーナツという単語は、私にとっては記号である。それは食べ物という認識より先にくる。疑問を表す単語がクエスチョンマークであったり、無限大を示す記号が∞であったりするように、ドーナツのあの形は私の中のもやもやとした何かを象徴している。存在していることは知っているが、私の頭脳ではまったく説明できないΩやγといった記号に近いかもしれない。

ドーナツを前にすると、私は解けない数式を前にした時のようにとまどい、ややあって、食べればいいのかと気付き、胃の中に消してしまう。

けれど、もやもやは消えない。ドーナツがこの世に存在し続ける限り。


一体、このもやもやはいつからなのか。

母に訊いてみることにした。

小学校時代の大半、私は手作り菓子を食べて育った。既製品の菓子がほとんどない国に住んでいたからだ。あるのはキットカットと、名前は覚えていないオレンジ色の台所スポンジのような食感のスナック菓子、そして、レーズンだった。果物は豊富にあったが、子どもの認識では果物はおやつに含まれない。そんな環境だというのに、私が通っていたアメリカンスクールにはおやつの時間があり、タッパーの中のレーズンを見る度に沈鬱な気分になっていた。他の国の子が持ってくる原色の熊のグミに憧れ、日本からポッキーやたけのこの里などが送られてくるのを心待ちにしていた。

菓子に飢えた私と妹のために母はよく菓子を作ってくれた。料理の手伝いは好きだったので、一緒に作ることが多かった。ケーキやクッキー、卵ボーロ、アップルパイ、バウムクーヘン。甘いにおいとオーブンの熱、わくわくした気持ちを覚えている。

ドーナツを作った記憶はない。母に訊くと、「ドーナツも作ったわよ」と言われた。同じく日本から来ていた家族と、みんなで一緒に作ったそうだ。「楽しそうなのにどうして覚えていないんだろう」と言うと、「あなた、ずっとこだわっていたから」と母は笑った。

「何に」

「穴に。なんで空けるの、お母さんって。だから、穴を空けないと中まで熱が浸透しないでしょうって言ったけど納得してない顔をしてたわ」

その理由では確かに納得できない。白玉団子は真ん中をくぼませて茹でるし、マラサダだってサーターアンダギーだって穴を空けなくてもきちんと中まで火が通る。そう言うと、「穴のところがもったいないって言っていたわよ」と母は言った。

その頃はベーキングパウダーも粉砂糖もなくて、ドーナツといっても揚げクッキーのような代物で、型抜きでドーナツ型に抜いて揚げていたらしい。すると、どうしても真ん中の生地が余る。私はそれを集めて、また型を抜く。すると、また、真ん中が余る。それが、どうも気に食わなかったようで、最後は小さな丸い穴なしドーナツを一人で揚げていたらしい。結局、幼い頃から食い意地がはっていただけなのかもしれない。

「妙なとこで生真面目だったからね」と母は軽い口調で言った。「まあ、単純にあんまりおいしくなかったのかもよ」となぜか励ますようにつけ加える。手作りの菓子は味よりも作る楽しさに重点がおかれるから味は二の次だと思うよ、という言葉を呑み込んで電話を切った。

小さい頃、私は母の言う通り生真面目だった。といっても、勤勉とか思慮深いとかそういう知性溢れる感じではなく、単に融通がきかなかっただけである。経験値が低いから選択肢もなく、こうと思い込んだらそれ以外が見えなくなった。大人になるに従って柔軟というか、いいかげんになった気がする。

子どもの私には、ドーナツの穴を自分の中でうまく処理することができなかったのだろう。その穴の謎は無意味とか不可解といった、もやもやとした感情となって残った。菓子作りは大人になってからも好きなままで、家を出てからも様々な菓子を作ったが、ドーナツを作ったことはない。

実はドーナツに関するもやもやを決定的なものにした瞬間ははっきりしている。ドーナツと聞くと、私はその景色をありありと思いだすことができる。正しくは私の頭の中の景色なのだが。私自身はその時、予備校の白く無機質な教室で模擬試験を受けていた。

マークシート形式の国語の試験で、現代文の評論を終え、小説の項目を読んでいる時だった。

高校の頃の私は非常に偏屈だった。今となっては理由のまったくわからないルールを自分に課しては頑なに守ろうとしていた。読書においては「死んだ人しか読まない」というポリシーを貫いて純文学ばかりを読んでいた。毎日、趣味で伊勢物語を品詞分解して訳していたぐらいだったので、国語は得意科目で、その日も楽な気持ちで試験に挑んでいた。

その小説はさらりとしていた。

幼い頃の主人公がカウンセラーの元に連れていかれる。主人公は応接室に通され、そこで出された二個のドーナツのうちのひとつを、膝に砂糖をこぼさぬように注意しながら半分食べ、オレンジジュースを飲み干す。そして、カウンセラーと対話する。それだけの話だった。

私はすらすらとそれを読み終え、問題文に向かい、愕然とした。

答えがなかった。

五つの選択肢を指でなぞりながらもう一度読んだ。やはり、その中に答えはなかった。

そんなはずはない、落ち着け。自分にそう言い聞かせ、とりあえず小説は後回しにして古文と漢文を先に解くことにした。二つ共、きちんと選択肢の中に答えはあり、そう苦労することなく終わった。念のため、解き終えた評論も確かめたが、間違いがあるようには思われなかった。

深呼吸をして小説に戻り、本文を読み直した。

そこで、はじめて私はその文章が今まで自分が読んだことのないタイプの文章であることに気付いた。文字で書かれていないことが頭の中に残っていた。シンプルなのに含みがあり、不可解な気配がある。それを振り払い、問題文に向かおうとするのだが、どうしても蘇ってくる。

国語の解答というものは文脈にないことを書いてはいけない。それが基本中の基本であることはわかっていた。答えの選択肢の中に、恐らく正解であろうものを見つけることもできた。けれど、私はどうしてもその円を塗りつぶすことができなかった。この物語の答えは文脈の中ではなくて、文と文との間の書かれていないところにあって、私にはそれをうまく言葉にすることができない。これは、そういう文章なのだ。そう思った。

結局、私は白紙で提出した。講師が驚いた顔で「どうした」と言った。

「この選択肢の中に答えはありません」

そう私は答え、講師は「おいおい」と困った顔で笑った。

大学に入り、本の話ができる友人ができた。ある日、赤と緑の表紙の本を勧められた。ぱらぱらとめくり、息が止まりそうになった。あの試験の文章にそっくりだった。気付けば「この人、誰？」と大きな声で尋ねていた。私は「死んだ人しか読まない」というルールを止め、その作者の本を片端から読んだ。

あの時の文章はすぐに見つかった。『風の歌を聴け』という本の一節で、今でも時々読み返す。

私の中にあの景色は色濃く残っていて、壁時計のこちこちいう音も、少し開いた窓から入ってくる潮風の肌触りも、白い皿の上にこぼれたドーナツの黄色い欠片もありありと浮かぶのに、やはり、文章には書かれていない。問題文で問われていた主人公の気持ちも書かれてはいない。それらはすべて読んだ人それぞれの心の中にある。小説というものに答えなどないのだということを、私ははじめて実感した。

私は昔からつじつまの合わないものが苦手だった。今も事務作業が得意だし、家計簿をつけたり確定申告の準備をしたりするのも苦にならない。単純作業が好きで、ひとつひとつ片づけていってきっちり終わると安心する。

それなのに、私は大学の終わりくらいから小説を書きはじめた。そして、小説家になり、毎日パソコンに向かってちまちまと指を動かしている。

文章は私にとって、まったくつじつまが合わない世界だ。作文も小論文も得意だったけれど、一度も百点を取れたことはない。物語となればなおさらで、どんなに綿密にプロットを作って書きはじめても、どこに向かうのか、何がしたいのか、迷ってしまうことがほとんどだ。かたちのないものを書き表そうと挑んでは、自分の言葉の未熟さにじたばたとあがく。一体どうしてこの職に就いたのだろうとしょっちゅう思い悩む。書きながら、いつも、もやもやとしている。

でも、だからこそ、止められないのだろう。

すべてを解けると思っていた十代の終わりに、あの景色に出会えた。不可解で、奇妙な静けさに満ちていて、でも、おそろしくはない。空気全体がぼうっと光っているような、そんな不思議な場所だった。テーブルの上には、空になったグラスと白い皿があって、食べかけのドーナツの横には、何かの暗示のように完全なドーナツがぽかんと置かれている。

ドーナツと聞いて思い浮かべるのはいつもこの景色だ。近いようで、とても遠く、確かに存在しているのに、どこにもない。

あのドーナツが食べたい、と時々思う。

けれど、出会えたことはない。もやもやとした想いを残しながら、ドーナツは私の手の届かない世界に戻っていく。一生かけても味わえないのかもしれない。

ちなみに、その小説はこうはじまる。

「完璧な文章などといったものは存在しない。」

穴を食す

細馬宏通

ドーナツをつい、離れたところから眺めてしまう。だからドーナツは穴にしか見えない。

だが、ドーナツを食べるとき、ドーナツは穴だろうか。小さなキャンディーなら、口の中で穴の存在を確かめることができる。しかし、ドーナツの穴を一口で頬張ることはできない。口にふくみ舌で縁をぐるりと探ってなるほどここか、という風にその穴を確かめることはできない。

ドーナツははたして穴なのか。ただ眺めて考えていてもしかたない。試しに、控えめにかじりとってみよう。

油の匂いのする皮の向こうに柔らかい内部がある。ぽろぽろとこぼれていく。この食べものの内部は意外にもろい。おちょぼ口で上品に食べていたのでは、そのもろく崩れ落ちる欠片をとりこぼしてしまう。

口は用心深い形になる。もろもろの欠片を受け止めるべく、今度はもう少し下唇を突き出し、大胆に取り付く。ここで、ドーナツらしさの、最初の兆候がやってくる。口の端を大きくはみでるのに、なぜか唇はこの巨大な食べものを受け入れる。それは、この食べものに、円柱型の棒のごとき柔らかい曲面がほどこされているからである。が、ただの円柱ではない。円柱ならば口の端のみならず、口先に対してもそのもてあますほどの太さを主張して、食べる者を辟易とさせるだろう。しかしこれはそうではない。口の端に対して中程は、意外にもすんなりと口内に収まりつつあり、唇の先はその曲面に取り付きながら、さらにその向こう側に誘われているようである。では、これは何なのか。逃れていくその曲面を追いかけようと口は再び開閉して、さらに深く取り付く。

と、突然、不思議な感触がくる。前歯が空を切るではないか。もろもろを受け止めんと意気込んで突き出された唇の先が、あてがはずれたように合わさる。その一方で、口の端には思いがけない負担がのしかかっている。ああ、やっぱり棒だったのか。自分はいわば一本の棒を横に咥《くわ》えてしまったのだ。なんと馬鹿なことをしたのだ。たとえば千歳飴を横にして真ん中から取り付く愚か者がいるだろうか。今、口は間抜けにも、いわば骨付き肉の肉のごとく棒を覆っている。この棒は嚙み切らねばならぬ。しかし骨ほどには硬くない。棒の柔らかさをハの字型にとらえた口の両端は、半ば千切り取るようにその一部を、口から引きはがす。粗い断面から、欠片がもろもろとこぼれそうになる。

幸い口の端は、先程来、粉っぽいこの食べ物を咀嚼すべく分泌されだした唾液によって少しく湿っており、この落下しそうになった欠片を危うくまとわりつかせている。それを口内へとなめとりながら、口は考える。これは棒であり、自分は棒の真ん中を食い破ったらしい。ならば棒は二つに分かれるはずだ。にもかかわらず、棒はなおも、一つの食べものであることを止めていない。食い破られたのは棒の真ん中でありながら、この真ん中は棒に属している。

ここに至って口ははじめて、ただの鑑賞物としての円環ではなく、食べものとしての円環がいかなるものであるかに気づく。一本の棒を真ん中から食い破って、それがなおも一本であり続けるとき、それは円環である。これは食べることによって発見された、円環の新たな定義だ。

しかし何ということか、手にあるのは、もはや円環ではない。視力検査のランドルト環のごときドーナツは、実はすでに円環性を失っている。なぜならば、このドーナツを別の場所から食い破ったならば、それは一つではなく二つのドーナツになってしまうからである。食べるという行為によって、対象が円環であることが明らかになると同時に、対象の円環性は損なわれてしまったのだ。

ドーナツを円環によってのみ価値づける者は、こんな中途半端なドーナツに見向きもしないだろう。かじりかけのドーナツ。哀しい非円環。いやしかし、今は眺めているのではない。食べているのだ。ここには依然としてドーナツがあり、ドーナツらしさがあるではないか。たとえばそれは、かじりとられた空虚に漂っている。ぽっかり空いた空間、それは空虚でありながらドーナツである。しかし、このかじりかけのドーナツにおいては、両側から延びてきた棒が空虚を挟み、空虚を我が物であるかのように指し示している。ふと押し黙ることが、ただの声の不在ではなく二人の沈黙であるように。環を開いてなお、ドーナツは謎めいた食べ物だ。

空虚がドーナツに属している証拠に、口は空虚に向かって再び開こうとしている。

実体を伴った部分ではなく、むしろ空虚の部分にこそ誘われている。開いた口に空虚を近づける。空虚と一緒にドーナツがやってくる。口先にはただの空虚。そして口の両端から同時に、はっきりと現れるドーナツの感触。ドーナツはまるではかりごとをする双子のように、同じ形であることを左右同時に知らせてくる。

両端を同時に、慎重に嚙みとり、右の口を指でぬぐい、左の口を指でぬぐう。いや、ぬぐうというより、同時にやってきた欠片を、いったん別々に確認し、唇の先に集約し、その小さな集積を、正面から改めて一つの食べものとして食し直す。先ほどかじりとった断片に比べれば、ほんのわずかの、都会の星屑のごとき集まりに過ぎない。だが、少し甘い。そして少し楽しい。

さてここで、いっそう大きくなった空虚を見つめながら、目は手に持ったドーナツに新たな可能性が生じたことに気づく。これまでは無意識のうちに、この食べ物に水平方向から取り組んできた。それがこの食べものとの、当たり前の付き合い方だと思っていた。しかし、試みにドーナツを縦にしてみると、その断面のひとつが、まるでこちらの下唇にぶらさがりたがっているかのように見えてくるではないか。下唇はこの勧誘を受けたがっている。

今一度、ドーナツを横向きに戻してみよう。いまやドーナツは半環に近づき、その両端は、同時に口で受け止めるには隔たり過ぎている。となると、両端のどちらか一方だけを口に入れることになるだろう。平穏である。しかし先ほどの快楽の格下の体験が得られるだけである。一方、縦にするとどうか。こちらは新しい。革命といってもよい。ドーナツの太い弧は、口の内外に虹をかけるだろう。下唇は虹の重力を受け止め、虹を縦に折り取るだろう。

口は意を決して、再び縦にされたドーナツに近づく。下唇は早くも突き出て、一方の断面を口内に滑り込ませる。そこから小さな欠片たちがこぼれ出す。先ほどは貧乏たらしく口の端からかき集めたものたちが、今は思いがけない贈り物のように、直接舌の上に降る。しかし、この新しい快楽のまっただ中で、何かがおかしい。顎だ。顎が危機に瀕している。口が深々と虹の一端を招き入れているそのとき、もう一方の断面が、顎に邪悪なスタンプを押さんばかりに近づいているではないか。手は思わず、半円を顎から遠ざける。

そのとき、口は意外な感触に襲われる。柔らかいその食べ物は、まるで朽ちた枝を折り取るように、口の先にぽくんと小さな衝撃を与えたかと思うと、あっけなく離れていくではないか。太さに比して思いがけない軽さに、手は狼狽している。顎から上向きに折り取られたそれを、今度は逆に鼻面に押しつけそうになり、危ういところで遠ざける。

遠ざけて初めて、手に残ったドーナツがすっかり変わり果てていることに目は気づく。もはや、半環にも満たない。両端はよそよそしくあさっての方向を向いており、二つの断面が向き合っているがゆえに生まれたあの不思議な空虚感は、かき消えている。ここにはもうドーナツらしさはほとんど残っていない。

しかし、そのあまりの手応えのなさが、これまでとは異なる不在を感じさせている。口を、目を、手を翻弄し誘惑し続けた何ものかの不在。それは何だったのか。いまや親指と人差し指でつまめるほどになったドーナツをいくら眺めても、答えが出る気配はない。

小片をまるごと口に放り込み、ぱんぱんと手をはたく。

さて次の穴にとりかかろう。

ドーナツの穴が残っている皿

片岡義男

僕の記憶が正しければ、僕はこれまでにドーナツの穴を二度、食べたことがある。ドーナツではなく、そのドーナツの穴だ。あの穴は、ちょっとした工夫によっては、食べることが出来る。

僕が最初に食べたドーナツの穴は、子供の頃、友人のお母さんがドーナツを作って僕たちに食べさせてくれたときのものだ。出来たてのドーナツをいくつか、そのお母さんは僕のために皿に載せて出してくれた。そのいくつかのドーナツのかたわらに、小さな丸い玉のようなものがひとつ、置いてあった。ドーナツとおなじ材料を使って作り、おなじように油で揚げたものだった。

「穴なのよ」

友人のお母さんは、笑いながら言っていた。

「ドーナツの穴。穴を丸くぬいたときの、その小さい丸をひとつだけ、揚げてみたの。ほかのは、みんないっしょに練りあわせて、ひとつのドーナツにしたの。最後にひとつだけ、穴のぬきかすが残るのよ。わかる？」

友人といっしょにしばらく考えたあと、ようやく僕は理解出来た。丸くぬいた穴がいくつかたまると、それをひとつにしてドーナツを作り、穴をぬく。最後のドーナツをひとつ作ったとき、そのドーナツの穴がひとつ残るのだ。

二度めに僕が食べたドーナツの穴は、大人になってからアメリカで食べたものだった。どこにでもあるようなごく普通のドーナツの店のメニューに、「ドーナツの穴」というものが載っていた。

それを注文した僕のテーブルに、やがてウエイトレスが持って来てくれたのは、大きな皿に山盛りにした、ドーナツの穴のぬきかすだった。ドーナツとなんら内容的には変わらなかった。そして値段は、ちゃんと環になって穴のあいたドーナツに比べると、半分以下の値段だった。穴があいていなくてもいいからたくさん食べたいと願う人たちのために、特別に考案したものだとウエイトレスは真面目に説明していた。アップル・ソースをかけて食べた。じつにおいしかった。

ドーナツの穴を、僕はくぐったこともある。あの穴は、食べるだけではなく、くぐることも出来る。いまはもうないが、かつてカリフォルニアに、ドーナツ・ホールという名のドライヴ・インが、もっとも多いときで五軒あった。横に長い建物の両端に、地面から巨大なドーナツが直立していて、自動車でそこをくぐってむこう側へ抜けることが出来た。まんなかあたりにドーナツの店があった。

この店で僕がドーナツを食べたときには、ひとつ残らず平らげた僕の皿を見て、

「まだ穴がいっぱい残ってるわよ」

とウエイトレスが冗談を言った。

45回転のドーナツ

いしいしんじ

もうすぐ四歳になるうちの息子は、生後八カ月の頃からレコード狂だった。毎朝起きておっぱいをもらったあとは、わき目もふらずまっすぐに、ハイハイで、レコードプレイヤーの前まで進んでくる。シングル盤をランダムに突っこんである専用の段ボール箱に、自在に使えはじめた片手を突っこみ、手当たり次第に引っこ抜いていく。

ひとあたり見わたし、かけてほしい盤を決めるとスリーブから引き抜き、ターン、と真上からプレイヤーの上に乗せる。回転スタートのスイッチを押しこめるようにもなっていたが、カートリッジを盤面に乗せるのは、まだ、全面的に僕の役目だった。

当時の好みはこんな感じ。ザ・フーの「恋のピンチヒッター」ビートルズ「イエロー・サブマリン」フランス・ギャル「夢見るシャンソン人形」セルジュ・ゲンズブール「唇によだれ」等々。リズムがはっきりしていて、打楽器や効果音の使いかたがおもしろく、ある程度「速い」曲を好むのは、三歳になったいまもあまりかわらない。すべての楽器が渾然一体になって転がっていく「マイ・ジェネレーション」の波を浴びつつ、キャアキャア笑うのを抱っこして、揺らしたり、回したりしながら、乳幼児が生きている「テンポ」って、実感としては、これくらいの速さなのかもしれないなと、そうおもうことがしょっちゅうだった。

十カ月を迎えた夏の朝、いつものようにハイハイでやってくると、箱につっこんだ手を高々とさしあげ、得意そうにニッと笑った。見れば、その頃いちばん気に入っていたアルマ・コーガンの「フライ・ミー・トゥ・ザ・ムーン」をスリーブごと握りしめている。

「お、一発で。すごいやん」

早速プレイヤーでかけると、ひゃあひゃあ笑いつつ飛びついてくる。子どもだったポール・マッカートニーがアイドルとして崇めていたイギリスの女性歌手。張りのある若草みたいな声が、皮膚に当たって心地よいのかもしれない。翌朝、同じようにハイハイで箱の前に来て、箱から引き抜いたそれは、やはりアルマ・コーガンの同じ盤だった。

「好きの念が通じたんやな」

呆れつつ、感心して針を落とし、抱きあげてグルグルまわしながら、曲に合わせでたらめに歌う。

三日目の朝、迷いなく、段ボールからアルマ・コーガンを引き抜いたのを見た僕は、レコードをかけ、息子を座敷に連れていったあと、部屋で腕を組み、少し考えた。その箱にはおよそ二百枚見当のレコードが、紙のスリーブにはいった状態でつっこんである。しゃがみこみ、ランダムなレコードの並びを、ふだん以上に、いっそうぐちゃぐちゃにしてみる。手触りでなにかわかるのかも、と、「フライ・ミー・トゥ・ザ・ムーン」を、上下さかさに置きなおしてみる。

そうして四日目の朝、アルマ・コーガンのその盤は、まるで定位置におさまった太陽みたいに、息子の手のなかで黄金色に輝いていた。僕は、いったん正座し、よだれを流して笑う零歳児とレコードに向かって、

「おみそれしました」

と土下座した。

「もう、しょうもないことはいたしません。こころゆくまでおたのしみください」

その忘れがたい八月の初旬、息子の「アルマ・コーガン一発引き当ての朝」は、結局、八日間つづいた。そのあと、同じようなことは二度と起こらなかった。

理屈はよくわからないし、わかりたいともおもわない。音楽や宗教、物語など、人類が人類であるために必要な「なにか」と、ことばをまだ使っていない乳幼児は、きっと、ことばと理屈にはめこまれてしまっている大人には、想像もつかない回路を通って、易々と繋がりあっている。おもうのだが、あの八日間、息子が手を突っこむたび、箱に収められた二百枚のレコードは、瞬時に、すべてアルマ・コーガンの「フライ・ミー・トゥ・ザ・ムーン」に変わっていた。おそらく零歳児には、皆、そのような奇跡の一週間が来る。僕の身にも、あなたの身にも、ことばとしておぼえていないだけ、そばに誰もいなかっただけで、きっとそれは起きた。僕は息子の、たまたまその瞬間に立ち会っただけだ。ことばをおぼえない人間は、ことばの生成する向こう側へ、想像をこえ、可能性をこえて「ひらかれている」。息子はじっさい、毎朝、月の表面まで舞いあがって、歌のとおり、火星の春がどんなだか目撃していたのだとおもう。

ハイハイからつかまり立ち、えっちらおっちら歩くようになると、外でレコードをかけるのが好きになった。京都には幸い、そういう喫茶店、カフェがいくらでもある。でんと座りこんだベビーカーの網に、キンクスやクレイジー・キャッツなど十枚ほど突っ込んだまま、手には、とりわけお気に入りの盤を一枚握りしめて、僕か家内に押され、ごとごとと舗道を進んでいく。

お茶の一保堂の真裏にある、Hifi Cafe の常連になった。うちには冷房がなく、京都の夏の午後、どこかへ涼をとりにいかないと、汗とともに畳の上に溶けてしまう。HiFi Cafe は畳敷きのカフェで、自宅のようにゴロゴロくつろいでも苦情ひとつなく、店主の吉川さんは手が空いたときは、息子とえんえん、からだをひらいて真剣に遊んでくれる。どんな親戚より、息子の成育をそばで見つめてくれていたのは、この吉川さんである。

一歳半ぐらいだったとおもう。いつものようにベビーカーの車輪で、ことことアスファルトを鳴らしながら、HiFi Cafe までレコードをかけにいった。

「あ、モータウンですね」

おもちゃのパッケージみたいなレーベルの盤を、吉川さんは笑ってプレイヤーに乗せてくれた。モータウンの音楽はそれこそアメリカの少年少女の夢のおもちゃだ。四千枚以上のＬＰが並ぶカフェの、畳の上を、息子は喜んで走りまわっている。

男性の、コーラスグループだったことはまちがいない。が、誰の、なんという曲だったかまったくおぼえていないのは、このあとに起きた出来事の風に、すべて吹き飛ばされてしまったからかもしれない。

帰り道、家内と並んで、ベビーカーを押して、町内の路地を進んでいった。最近、電柱が一本引き抜かれ、辛うじて自動車が一台通れる広さ。ことこと、ことこと、アスファルトが響いている。

「おおっ、なんや」

顔なじみの西村さんがむこうから声をかけてくる。

「この子、ドーナツ盤もっとるわ」

「はい」

家内が苦笑しつつ、

「レコードが大好きなんですよ」

「かじっとるで」

と西村さん。今度は僕が受け、

「そうなんですよ、いくらとめても、かじりつくくらいレコード好き……」

「ちゃうちゃう！」

と西村さん。

「かじっとるって！　ほんまに、ドーナツ盤かじっとるって！」

慌ててベビーカーをのぞきこむ。家内は奇声を発し、僕は呆然と口をひらいた。

ニヤニヤとほくそ笑む息子の口は、かじりとったヴィニールで真っ黒になっていた。

驚かさないよう、ゆっくりと取りあげると、盤の縁はまんべんなくぎざぎざにかじられていた。あとあと、ほかのレコードで、大人である僕の歯で試してみても、けっしてこんな風に容易に削られたりはしなかったし、そこまでかじろうという気も起きなかった。一九六〇年代オリジナルプレスの、モータウンのドーナツ盤は、子どもにとって、食べてもおいしく、ちょっと甘めにつくってあるのかもしれない。

穴を食べた

北野勇作

子供の頃、よくドーナツの穴を食べていた。

昭和四十年代である。当時の子供が集まるところと言えば、駄菓子屋だった。こづかいは一日十円だったと思う。

家の斜め向かいに駄菓子屋があった。

もちろん、毎日通う。駄菓子だけでなく、夏はかき氷、冬は関東炊き、などもあった。

十円あるとけっこう買えた。煎餅とかラムネとか飴とかノシイカとか。おばちゃんが、小さいスコップみたいなのですくって紙の袋に入れてくれるのだが、これが、五十銭とか二十五銭なのだ。

まあいくら田舎とはいっても、そんな額の硬貨や紙幣が流通していうわけはなく（家の引き出しの隅から見つけたりすることはあったが）、ようするに十円で何種類かの駄菓子を買うことができるのだ。

そして、そんな駄菓子の奥にあったのが「アテモン」なのである。

たぶん「当て物」ということなのだろうが、「アテモン」と呼ばれていた。

一回十円の籤引きである。

私はこれに熱中した。

そんな中に、ドーナツがあったのだ。

細長い筒の中に竹串がたくさん入っていて、十円で一回、筒にあいた穴からそれを振り出す。おばちゃんに竹の串を渡すと、おばちゃんはそれを紙の箱の上におく。

その箱には、夢の超特急である新幹線ひかり号と東京までの駅名が描かれていた。

新大阪のところに竹串の端を当てて、竹串と同じ長さの駅を見る。

たしか、京都だとドーナツがひとつ。名古屋でふたつ。いちばん多い東京が五つだったと思う。

直径三センチくらいの小さなドーナツで油っぽくて砂糖がたくさんまぶしてあっ

た。

当たった数だけおばちゃんが串に刺して渡してくれる。だからその頃の私にとってドーナツというのは、串に刺して食べるものだった。

もっとも、東京を出した記憶はなく、大抵は京都。本当に東京の串が入っていたのかどうかは、おばちゃんしか知らない。

しかしまあ京都ならまだいいのである。この「あてもん」には、「スカ」というものが存在する。京都まで届かない短い串だ。

そのときもらえるのは、串だけだ。いろんなものを買える十円と引き換えに串。

これは虚しい。

串だけ持って駄菓子屋に立っている。

仕方がないから、食べる真似をする。

やっぱり虚しい。わかっちゃいるけどやめられない。そしてそんなとき、これはドーナツの穴を食べているのだ、と私は自分に言い聞かせていたのだ。

ああ、たくさんの穴を食べたなあ。

そんな私もいつのまにやら大人になり、こうしてドーナツに関する文章を書いているのだから世の中は不思議としかいいようがない。

そしてたぶん、そんな依頼がきたのは、ずっと前に『どーなつ』という小説を書いたからに違いないのであった。

だがしかし、この『どーなつ』という小説には食べ物のドーナツは出てこない。

そしてそのかわり、と言っていいのかどうか、出てくるのはドーナツ盤だ。

いちおう念のためことわっておくと、ドーナツ盤とは、レコードのシングル盤のことである。さらに念のためにことわっておくと、レコードというのは、塩化ビニール製の円盤で、一定速度で回転するこの円盤の表面に刻まれた溝と、プレーヤーに固定された針との相互作用によって音声を再生するという記憶媒体である。

そのレコードの中でも、ドーナツ盤と呼ばれていたのは、通常は片面に一曲ずつ、A面とB面で二曲しか記憶できない種類の円盤に付けられた通り名のようなもので、LPと呼ばれるもっと大きな盤と違ってその中央に大きな穴があいている、ということに由来するのだろうと思う。あ、テーブルの上で楽しむ、という点も共通している。

そうそう、テーブルと言えば、ターンテーブルと呼ばれるあの上で回転させるためには、ドーナツ盤の穴を塞ぐための穴と同じ大きさのプラスチックの丸い器具が必要だったのだが、あれはいったい何というものだったのだろう。子供の頃、もしこれを無くしてしまったらもうレコードを聴くことができなくなってしまう、という恐怖に襲われたのは私だけだろうか。いや話がそれた。言いたかったことは、つまりドーナツをドーナツたらしめているのは、あの中央の穴、さらに言えば、全体に対してあのくらいの比率で開けられた穴であろう、ということなのだ。

同じ材料、同じ製法で作っても、あの穴がなければそれはドーナツとは呼ばれないだろう。それは、同じ材料同じ製法同じ目的で、しかも小さいながら真ん中に穴まであるLPがドーナツの名で呼ばれることはないことからも明らかである。

もちろん、一般に呼ばれないとしても、おれだってドーナツだ、と主張することはできるだろうし、それも自由だとは思うが、もし何か事件を起こしたときは、「ドーナツ」ではなく「自称ドーナツ」として扱われるであろうことは容易に想像がつく。

もしドーナツに穴がなければ、あれだけ味や色や種類や食感の違うものたちをドーナツというひとつの言葉でくくることなどできなかったはずだし、何よりも、ここまでの人気を得ることもなかったはずなのだ。

そう、人気である。子供の頃、私がアテモンに夢中になったように、スカがあるからこそアテモンに魅力があったように、人はあの穴に惹かれるのではないか。油で揚げるときに効率よく熱が通るとかなんとか、もっともらしいことが言われたりするが、そんなものは詭弁もいいところであって、ようするに人は穴が好きなのである。

なぜそうなのかはわからない。

そこにあるのは性的でわかりやすい何かかもしれないし、人間に限らず多くの動物は口から肛門まで繋がった穴を持っていて、ようするにその肉体そのものがドーナツである、などということと関係しているのかもしれない。穴があったら入りたいだけなのかもしれないし、穴の向うを覗いてみたい、という知的好奇心とも大いに関係しているのかもしれない。

おそらく本当の理由は永遠にわからないままなのだろうが、人は穴が好きなのである。

もともとあの小説はそんなタイトルではなかった。繋がっているような繋がっていないような連作だかなんだかよくわからないその十個の話をまとめるひとつの言葉がなかなか見つからず、結局、全部の話に共通する真ん中にぽかんとあいた穴のイメージから『どーなつ』に決めたのだったと思うが、なにしろもう十年以上前のことで、この記憶にもけっこう大きな穴があいているから、本当にそうだったのかどうかは自信がない。

まあなんにしても、十個の話に大きな穴があいているのは、自分と同じような穴が好きで、穴があったら覗きたくなったり、穴があったら入りたくなったりする人たちに向けての、私なりのサービスだったことは確かなのだ。

そう、サービス。穴があいている、というサービス。決して穴を食わせて虚しくさせてやろう、と思ったわけではありません。いや、それもあるかもしれないが、それだってそういうサービスです。

そう、世の中には穴という形でしか表現できない感情があるのだ、というのを子供の頃の私に教えてくれたのが、あのドーナツという食べ物だったのだろうし、大人になってもやっぱりこんなことをしているのだから、きっと私は、ドーナツの穴を食べて育った、ということになるのだろうな。

目には見えぬ世界

松村忠祀

私たちの住処《すみか》は、日本海域を中心に渦潮を巻いて、あたかも生物の心臓のごとき役目を果し続けている。このドーナツのような海の回転が海の生物の生息には大事なことである。

この海に育まれた生物として、私の好物である塩雲丹《うに》を挙げてみたい。これは、バフン雲丹が変身して珍味の王様になったもので、このわた、からすみと並ぶ日本海特有の酒のんべえの三品に加わる。バフン雲丹の解禁は夏の土用の頃の十日間程の極めて短い期間で、この解禁日のことを産地である福井県坂井市安島《あんとう》地域では「ウンノクチガアク」と云う。昔の漁民は、海にも口があると考え、その口を開けたり閉じさせたりして来たわけで、雲丹を獲るには雲丹の入った海の口を開け、解禁日が過ぎると再び閉じさせるのである。さながらドーナツの穴のような話である。

ところで、おやつのドーナツであるが、これは日本では明治の初年頃の世代の人々に愛好されたのであろう。同時に当時の日本人の味覚を驚かせたことでもあったのであろう。このドーナツの世界の魅力には何があるのだろうと尋ねられたなら、この西洋のおやつを家で作る時、西洋的油性と「ゴマ油」や「ナタネ油」といった東洋的油性を程々に配合することによって、西洋的な甘味を通して東洋的気品を体験できるということではないかと思う。

一方、この西洋的なおやつに対し、東洋的なおやつとしては、日本の秋祭りに代々その家の独自の甘味を調合して作るぼた餅がある。ぼた餅の味が家々によって違うのはこの中にご先祖様が入っているからで、店で買ったぼた餅は美味しすぎる。西洋のおやつとしてのドーナツについても、同じことが言えるのかもしれない。

田舎の神社の宮司である私は、ドーナツを食したことはない。だが、その興味深い形状を喩えとして、ドーナツの穴のような世界について書いてみたい。

現代と云う文化的な未知の世界の創造、即ち文化的風土を造りだすためには、常に文明的ではなく、文化的な世界を創造していかなければならない。文化的な世界とは心や魂であり、私たちの視覚ではとらえることの出来ないいわばドーナツの穴のような世界のことがらである。

歴史は過去の事跡の記録だけではない。日本近代美術史学の岡倉天心が『日本美術史』の最初のところで「世人は歴史を目して過去の事跡を編集したる記録、是れ大なる誤謬なり。歴史なるものは、吾人の身体中に存し、活動しつつあるものなり」と説明した如く、歴史は、現代史として常に生きた資料でなければならない。日本海文化も、形やスタイルだけの歴史でなく、どこまでも鮮度の高い文化として、現代史の世界で活性化され続けていなければならない。活性化するためには、どこまでも地域性に満ちた現代史がそこになければいけない。歴史には必ずその地域の未来の進むべき可能性を秘めているから、歴史から常に未来への関わりを学ばなければならない。

そのためにも歴史は、現代史の中で再生しながら、独自の文化へと少しずつ積み重ねられていくことである。即ち、自らのための現代史を心のどこかに養っていくことでもある。

近世後半、そして明治維新の西洋文明によって、私たちが西欧文明を日本文化と勘違いしたことも事実であった。即ち「文化」と「文明」を勘違いした一時期が、二十世紀であった。そのためにも今世紀は、文明ではなく文化とは何かを各地域で問い直してほしい。

また、私が暮らす福井県との関わりで考えると、今世紀の日本海においても、「近代」の深層を掘りおこした二十一世紀の日本海域として活用し、同時に平和な理想海域となしてほしい。そして太古の日本海海域での歴史をふまえて、アイヌの人々との楽しい文化的交流を祈願いたしたい。

中世の鎌倉時代の寛元元年（一二四三）、越前深山の山中へ真の仏像を求めて京の都から移住した四十三歳の道元禅師は、風雪きびしい大自然の中で孤高の世界と対応しながら「城邑聚落住さず、国王大臣に近づかず、深山幽谷にあって一箇を接待せよ」と説いた。それは道元自らの精神に厳しくむち打ち、仏道の真実と出会うための信念を養っていく道場として、越前深山の幽谷に唯一それを発見した。

その時、道元は「正法眼蔵」という日本で最初の思想であり、哲学的意味の表現を創意させたのである。「現成公案」、「鶏声山色」などで説かれているような宇宙観に関することや、自然の中にこそ思想を発見していった時、日本中世芸能の世阿弥の「能」や、千利休の「茶」の世界を創出させたのである。

道元禅師が「現成公案」で説くように、そこには現代人が求めてきた文明の世界がどこにもなく、すべてが表現と文化の世界で、知識よりすべてが知恵の世界であった。道元はそのことを「正法眼蔵」の世界で明らかにしたのである。

道元は知恵と文化を問うために常に京の都の文明的土壌を離れ、その世俗を脱して北陸の越前に孤高の住処を求めた時、当時の越前に次の室町期以降の日本文化の原風景を醸成した。その時、越前は日本文化の谷間ではなかった、といえる。更に室町期後半になると、そのことが朝倉文化を開花させる土壌ともなっていったのである。勿論、朝倉文化は全般的に一休禅師の臨済系の思想を背景に組み立てられてはいても、その土壌は道元に始まっていると察しなければならない。千利休が茶を点てることは、美の血液をしぼり出すことだといわれた亀井勝一郎の利休論にしても、そこには道元の世界がうかがわれる。

また、岡倉天心は、福井藩士岡倉覚右衛門を父にもち横浜で生まれたが、岡倉家は元来朝倉氏の家系で、朝倉家滅亡後に朝を岡に変えて岡倉と改めたと、天心は長男である岡倉一雄に語っている。天心は更に自らの思想の原風景となっているものが朝倉文化で、朝倉的「老荘思想」であったことを、改めて覚えるのである。天心の世界的名著『茶の本』の背景がそこに垣間見られてもいる。

天心は常に、当時の明治期の近代化の背景となっている西洋文明の進歩が日本にどのように貢献したのか、西洋は日本に近代化のために文明を提供したがそれは何のために役立ったのか、と文明に対する疑惑を拭い去れなかった。天心は、当時の我が国のヨーロッパ文明に対する劣等感に、近代日本文化の谷間を憂えずにはいられなかった詩人でもあった。その天心こそ、近代日本の土壌を築いた先覚者となったのである。そしてそこには、天心の原風景に越前の土壌を創出させた道元があり、朝倉文化があったことを知らねばならない。

朝倉文化は一世紀以上にわたって築かれてきたが、その後、桃山期に入ると越前、若狭は南蛮系の文物を愛好する地域であった。世界図、日本図屏風、南蛮風俗図屏風、南蛮工芸品などの秀れた南蛮文化財、即ち初期西洋文物の発見された我国屈指の土地柄でもあったその中には、日本初古の油彩キャンバス「悲しみのマリア画像」（南蛮文化館蔵）、下塗油彩木板「聖母子像」（同）や、彫刻銅版画「十字架上のキリスト」（東京国立博物館）、「聖骸降下図」（同）などの名品が福井から発見されている。加えて、今日七面遺存している日本最古の洋風世界図、日本図のうちの四面までがこの地に現存していることも知らねばならない。また、明治以降県外に流出した名品を合わせてこの地の文化を再考する時、北陸はもちろんのこと、日本で十指に入る文化の地の利をもっていたことを今こそ知ってほしいと念願する。

私たちの素晴しい森羅万象の自然界の出来ごとに対しても、人間の情念の世界、この世を捨てて天国へと昇華していく許されない男女の喜・怒・哀・楽・愛・憎の六情のしがらみと重ねて観たいものである。

このように、複眼で見てはじめて、その輪の部分と目には見えない穴の部分が結合し、ドーナツの形状としての完成形を観るのである。

第四章
ドーナツのつくり方

◉コラム④

今より単純だった時代に連れて行ってくれるドーナツ

小石川第六天町のお屋敷で暮した夢のような子ども時代を回想した『徳川慶喜家の子ども部屋』（榊原喜佐子著、草思社）に、ドーナツのシーンが登場する。二・二六事件のあった一九三六年（昭和十一年）の思い出である。

事件当時、宇都宮歩兵第59連隊長だった李王に、「妹と二人で学校で覚えたばかりのドーナツを作ってさし上げた」ところ、「おいしい。これは揚げカステラですか？」と尋ねられたとある。ドーナツの名をご存じないのかしらと妹と話し合った、と著者は書いているので、昭和十年代のはじめ、家庭でドーナツを作ることやその名は、一般的になりつつあったのではないかと思う。そして、手作りのおやつとしてのドーナツは、オールドファッション・ドーナツのような、素朴な味のものだったのではないかと想像する。いちばん好きなタイプのドーナツである。

オールドファッション・ドーナツと言えば、『雪のドーナツと時計台の謎』（ジェシカ・ベック著、山本やよい訳、原書房）に掲載されているそのレシピページにこんな一文があった。

「これを食べると、いまより単純だった時代に戻れそうな気がします」

口にするとそんな時代に連れて行ってくれる、それこそがオールドファッション・ドーナツなのだと思う。

ドーナツ

増田れい子

メリケン粉を土台にした、あまりひねくりまわさない、単純なお菓子が、好みにあう。生クリームというのは、性にあわない。あのふわふわした、当今の豊かさを象徴しているような白いつやのあるふくらみを目にしただけで、胸がいっぱいになってしまう。生クリームがかかったお菓子は、戦後も戦後、団塊の世代以降の、身もこころもやわらかな世代の食べものであって、私のような昭和ヒトケタ、それも前半に生まれて、家のなかにコンクリート顔負けの固い〝土間〟を持ち（そこで、ワラ草履はいてナワとびもした）、お弁当は日の丸弁当、制服はゴワゴワのサージで育った世代には、何でも、歯ごたえというものが大事で、ふわふわよりは、しっかりとなかみがつまっていて、かみしめるとおいしいというたぐいのものが、身に合うのである。

ドーナツだって、やわらかいじゃないか、と反論がありそうだが、たしかに当今のドーナツは、ふわふわ、さくさく傾向にある。軽い。そして香料をたっぷり使ってある。何やら木の実だのでかざってあったりする。ドーナツといえども、軟弱になってきた。

私がいうドーナツは、そういうものではない。メリケン粉でつくったことが、かたちにも、色にも、舌にもありありと感じられる、ゆたかな土と太陽と風のにおいすらただようしっかりとしたドーナツである。柄も大きい。

そういうドーナツにあえたのは、もう十年以上も前のことになるか。

麻布狸穴のソ連大使館の近くに、レストランがあった。とりたてて特色があるというのではない、アメリカンスタイルの、ありきたりのレストランで、いつも肉とソースのにおいがした。その入り口に何故か知らないが、実にいいドーナツが用意されていた。堂々としたドーナツだった。いかにも人の手がこしらえあげたという、リングで、穴が多少大きかったり小さかったりしていて、不揃いである。白砂糖がたっぷりまぶされ、油のこげたにおいが適度ににおい立つ。

いつも、六コ包んでもらった。アルミはくに包み、袋に納められ、手がきの伝票が渡されて支払いがすむまで、一種の恭《うやうや》しい時間が過ぎる。六コのドーナツは大きいので袋は持ち重りがした。

朝食にドーナツをおごるのが、そのころの私のたのしみだった。熱いコーヒーにドーナツ。その日は一日中、活力が切れなかった。メリケン粉と卵とミルクとバターが、それぞれの味の領域を冒すことなく、謙虚にバランスを保ってまぜ合わされ、油がいい仕上げの味を与えていた。

それはかつて、私と姉がいなかの台所で母が調達してきた大切なメリケン粉をわけてもらい、はじめてこしらえたドーナツの味に、似通っていた。私と姉がつくりあげたドーナツは、も少し皮が硬くて、なかみがしっかりしていた。油のにおいももっと香ばしかった。

しかし、狸穴のドーナツは、それに近かった。しげしげと通って、朝食に一個のドーナツをほおばっていたのだが、いまはもう、店はない。ドーナツ色のレンガのマンションに変った。

私と姉の二人でつくったドーナッに入れたバターは貴重な時代だけに少量で、卵は庭さきで、わが家のニワトリが産んだ黄身がはちきれんばかりに大きな卵であり、ミルクは近くの牛飼いからとどいたものであった。油は、母のとった菜種油、メリケン粉も、近くの畑でとれた小麦を村の精米所で粉にしてもらった新鮮なものだった。

ドーナッはまったく不揃いだった。しかし無上の味がした。大皿に盛りあげて、一家中でまたたく間にたいらげた。白砂糖のきらめきに、口中がさんざめいた。

あの日。苦しい戦後が、ひと息ついたのであった。メリケン粉とバターと卵とミルクと油と砂糖という、お菓子の要素となるものが揃うのに、戦後何年の歳月が必要だったろうか。三年あるいは、四、五年も要ったか。

あらゆるお菓子の材料が、いま、手もとに揃っているのに、私たちは、ドーナッひとつ自分の油鍋でつくろうとはしていない。従って、あのときめきも胸をよぎらない。クニの黒字が増えた、外国製品を買えという時代に出あって、幸福のはずが、胸ときめくチャンスが少ないとは。次の日曜日。ドーナッをつくろう。そして幸福について考えてみたい。

ドーナッツ作りにうってつけの日

筒井ともみ

私が子供のころはまだ洋菓子の類いが豊富ではなかったから、母が手作りしてくれるプリンやホットケーキ、スイートポテトなどのおやつは嬉しくてたまらなかった。なかでもドーナッツは、作るところから母と一緒に出来るので、とりわけ楽しいおやつだった。「お母さん、ドーナッツ作って」、母にねだるのはどういうわけか雨の降る日曜日のことが多かった。ドーナッツ作りはちょっと手間がかかるし、出来上がるまでに時間もかかるので、自分が一緒にいられる時でなくては母に悪いという思いがあったのだ。ウィークデイは学校が忙しいし、日曜日だって天気がよければ近所の女の子たちとの付き合いがある。日曜日の、それも雨降りの日がドーナッツ作りには最適だ。

母からOKが出ると、その日の昼食は控えめにしておく。出来たてのドーナッツをつまみ食いするお腹の余裕を残しておくためだ。まず、母のエプロンを借りて腰に結ぶ。ドーナッツ作りには粉を使うので、そのための準備なのだけれど、母のエプロンは大きすぎて膝の下まで垂れてしまう。母が材料の計量にかかりはじめる。今でも母の字で書かれたドーナッツ作りのメモが残っているが、それによると、メリケン粉C（＊カップのこと）二、ふくらし粉（＊ベーキングパウダーのこと）小さじ二、塩小さじ1/4、卵一個、砂糖C半分、バター大さじ二、牛乳C1/3。これらの材料を母が用意している間に、私は卓袱台の上を片付けてきれいに拭く。台所から母が「包装紙もね」と、声をかけてくる。こねたドーナッツ生地を伸ばすとき、お盆の上では狭いし卓袱台の上で直にしては粉だらけになってしまう。そのために包装紙が必要なのだ。

当時はどこの家庭でもたいてい包装紙をきちんと畳んで取っておいたものだ。我が家も押し入れの片隅にそのためのスペースがあって、私は押し入れに頭を突込むとなるべく美しい模様ではない平凡な包装紙を選んで取り出した。きれいな包装紙は他のときに使える、そう思ってケチをしたのだ。卓袱台に包装紙の裏の白い方を上にして拡げ、粉を振る。そこにこねた生地を置き、粉をまぶすようにして麺棒で伸ばしていく。母のメモによれば二分の厚みに伸ばすと書いてあるが、たぶん五ミリ厚のことだと思う。

ここからが楽しい型抜きだ。ドーナッツ型といって二重の円形になった型抜き器を使う。この型抜き器にも粉を付けてから、伸ばした生地の上からポコッと押さえて型を抜く。外側の円形がリング状のドーナッツになる。内側の小さな円形は丸っこいチビドーナッツになる。私はこのチビドーナッツが大好きだった。半端モンだから愛しいという思いもあるし、つまみ食いにはちょうどいい大きさなのだ。型抜きをして余った部分の生地を集めてもう一度こねてから伸ばす。母が一個でも多くのリングドーナッツを作ろうとするのを制して、私は型抜き器の外側の円形を外して内側の小さい円形だけにして、チビドーナッツを欲しがる。「好きにしなさい」と母はあきれて台所へ立っていく。私は小さな円形型抜き器で、それも正確な円ではなくてちょっといびつなチビドーナッツばかりをせっせと作ったものだ。

母が天プラ鍋に油を熱している。ドーナッツ作りのときには、私の胃がもたれないようにと決まって新しい油に取り替えてくれる。私は調理台の上に、砂糖を入れた少し大きめの皿を置いて待ちかまえている。このときの砂糖は真っ白な粉砂糖の方が付きもいいし美しいのだけれど、私は普通のザラザラ感のある砂糖の方が素朴で好きだった。いよいよ揚げはじめる。まずはリング状ドーナッツを三個ほど入れて、ふわっとふくらむまで揚げる。新しい油はさっぱりと香ばしくていい匂いだ。母が手早くドーナッツを油切りに上げる。ここですぐに砂糖をまぶしては付きすぎてしまうし、冷めてからではうまく付かなくなる。ドーナッツの肌の油がサッとひく頃合いを逃がさず砂糖の皿に入れ、軽くまぶす。ドーナッツ作りにはこの母と私の連携プレーが大切なのだ。リング状が終わるとチビドーナッツ。母は天カス取りのようなアミを使ってドーナッツを掬う。私にもスプーンを使って砂糖をまぶしなさいと言うけれど、やはり素手の方が確かでいい。火傷をしそうになりながらコロコロとまぶしていく。

出来上がったドーナッツはまず仏壇に持っていく。小皿にリングとチビを一個ずつ乗せて運ぶのは私の役目。雨はまだ降りしきっていて、仄暗い仏壇の中には、母にも私にも、そして伯母にもどこかしら似ている祖母の遺影が飾られている。セピア色の祖母の遺影の前にドーナッツを置き、チンと鉦《かね》を鳴らす。あとはいよいよドーナッツの味見だ。夕ごはんにひびくから食べすぎちゃ駄目と言われていても、私はいつだって食べすぎてしまう。母がそんな私を見ても叱らなかったのはきっと嬉しかったからだ。そして母は味見をする間もなく、雨音に降りこめられた台所で夕餉の支度に取りかかっていた。

ドーナツ

ホルトハウス房子

今のように天火が普及する前は、家庭で作るおやつの筆頭はといえば、ドーナツだったと思うんです。形もふぞろいに少々黒っぽく揚がったドーナツは私たちの郷愁をそそります。子供のころ母にドーナツを作ってもらった記憶はないのですが、台所の引き出しにドーナツ型がころがっていたのを覚えていますから、ハイカラな気風で作っていたかもしれません。

ここ数年のうち、あれよあれよと思う間にチェーンストアのドーナツショップがあちらこちらに開店しましたが、ここにご紹介するホームメードのドーナツは昔の手法どおりに作ったものです。

プーンと漂うイーストのにおい、ちょっとかたい表面と弾力のある歯ざわりは、おいしさいっぱいのできばえです。ドーナツ型で抜いたときにできるボールもいっしょに揚げ、好みのグレーズを塗るか、シンプルに砂糖とシナモンをまぶすかします。ドイツの揚げ菓子ベルリーナは丸い形にまとめて中にジャムを入れた揚げ菓子ですが、アメリカには同じようにジャム入りで長さ15センチくらいの長細い形をしたロングジョンというのがあります。ベルリーナの丸くやさしい感じに比べ、こちらは荒々しい西部男といったでき上がりです。アメリカ人はドーナツを朝食に食べたりします。お行儀は悪いのですが、熱いコーヒーに浸しながら食べるとおいしいものです。

秋の収穫期になると出はじめるアップルサイダーはりんごを発酵させて作ったものです。かすかな酸味とりんごのにおいや甘味もそのままの飲み物で、そのアップルサイダーにつき物がドーナツです。ホームメードのアップルサイダーにドーナツというのはアメリカの秋の風物詩といえます。

◇材料（24〜25個分）

ぬるま湯……½カップ
砂糖……小さじ1
ドライイースト……大さじ1½

バター……大さじ4
砂糖……⅓カップ
塩……小さじ½
牛乳……½カップ
メース……小さじ½
ナツメグ……小さじ½

卵……2個

小麦粉……2〜2½カップ
ベーキングパウダー……大さじ1

揚げ油
砂糖・シナモン・ナツメグ……各適量

打ち粉用小麦粉・塗り用油……各適量

◇　作り方

①大きめのボールにぬるま湯と砂糖を入れ、イーストをふり入れて温かいところに置き、倍量になるまで発酵させます。

②バターと砂糖、塩、牛乳、メース、ナツメグを合わせ、少し温めてバターをとかします。

③小麦粉にベーキングパウダー大さじ1を合わせてふるっておきます。

④①の中に②を混ぜ入れ、卵を一個ずつ加えてはあわ立て器で混ぜます。ここに③の粉を少しずつ加えては手でよく練ります。粉を全部加え終わったら、手にくっつかなくなるまで充分にこねます。

⑤別の大きなボールに油を薄く塗り、④のたねをあけます。温かいところにそのまま約1〜2時間置いてほぼ倍量にふくらむまで発酵させます。

⑥打ち粉をした台にとり、めん棒でおおまかに約1センチ厚さにのしてドーナツ型で抜きます。

⑦油を薄く塗った天板などに少し間をあけて並べ、温かいところで30分ほどふくら

ませます。

⑧中温に熱した揚げ油で揚げます。油は新しいものを使ってください。

⑨砂糖にシナモンとナツメグを合わせて紙の上に広げ、揚げたてのドーナツにまぶします。

・ハチみつに少量のレモンジュースを加えたものを塗ったり、この上にさらに細かく砕いたアーモンドをはりつけたり、とお好みにしてください。

わたしのドーナツ

西　淑

ドーナツには、コーヒー。
コーヒーが飲めるようになってからは、ずっとそう思っている。
コーヒーを飲みたくてか、
ドーナツを食べたくてか、
たばこの煙でくもった、うすぐらい喫茶店に向かう。
ドーナツはコーヒーといつもセットになった。

コーヒーと一緒に食べたいドーナツを、
自分でも作りたくって、いろいろ試してみたレシピを紹介します。

レモンドーナツのつくりかた

（6〜8個分）

1. バター40gを室温にもどす

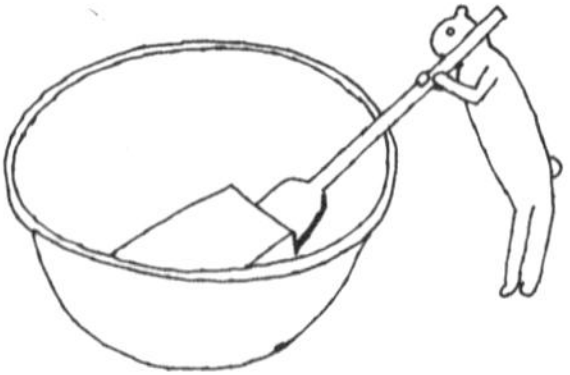

2. さとう100gを加えてまぜる

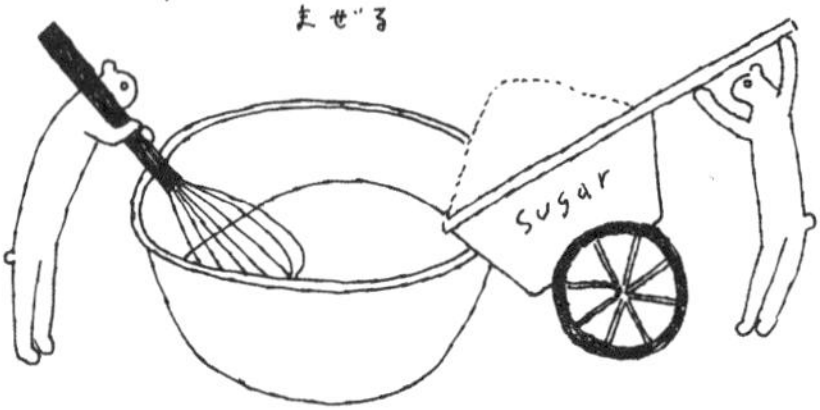

3. 2コ分のときたまごを加える

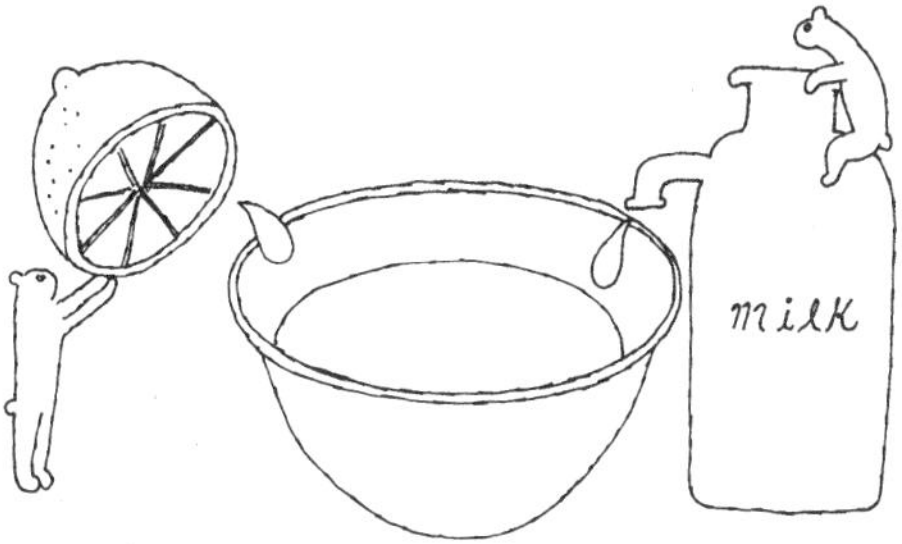

4. 牛乳 大さじ 1杯
レモンのしぼり汁半個分を
加えてまぜる

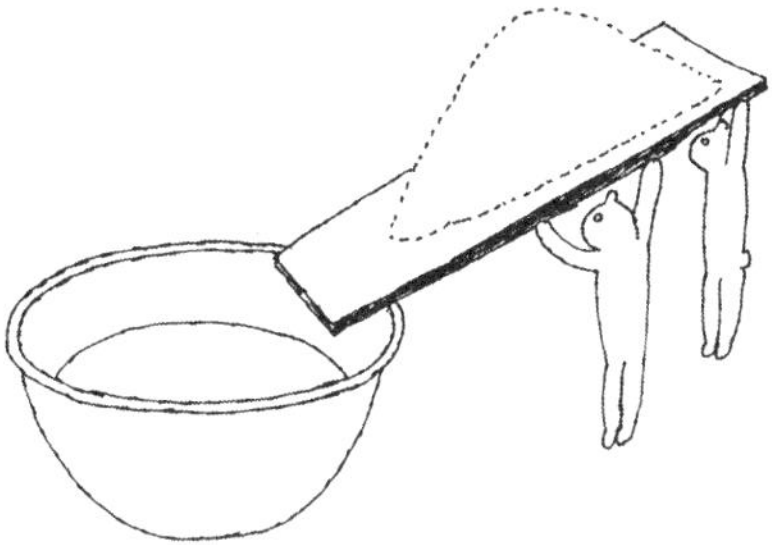

5. 小麦粉 200g
ベーキングパウダー小さじ 1を
ふるい入れて、さっくりと まぜる

6. 冷蔵庫で 1時間ほど ねかす

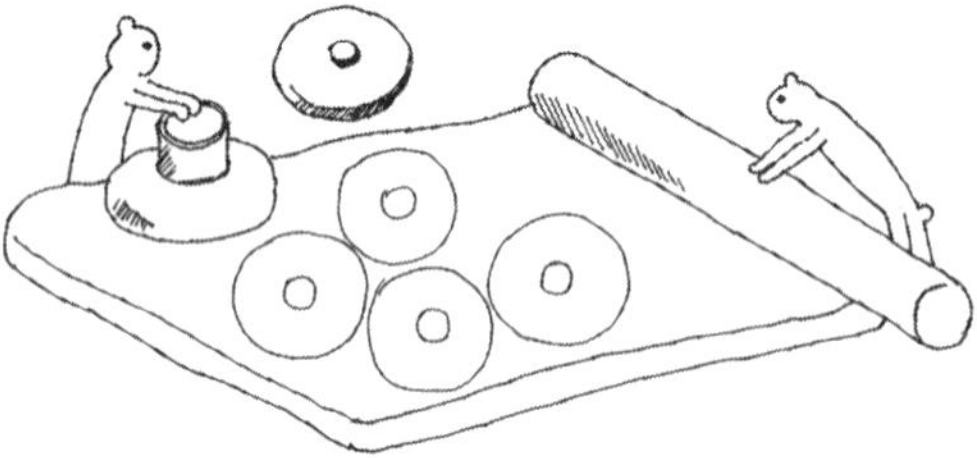

7. めんぼうで のばして ドーナツの かたちに 抜く

8. 170℃の油で
4分ほど両面をあげる

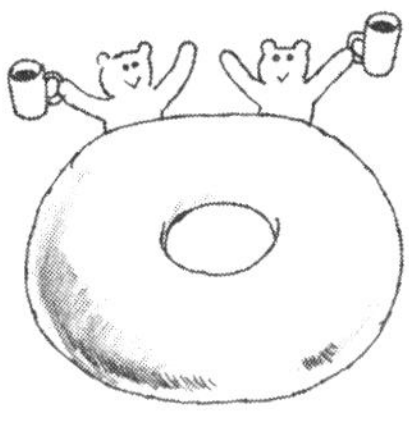

9. できあがり！

ドウナッツ

村井弦斎

玉江嬢「(略) 私は先日ドウナッツというお菓子を戴《いただ》いた事がありますがあれはどう致します」お登和嬢「ドウナッツは軽便なお菓子でメリケン粉十五杯に焼粉を軽く一杯よく混《ま》ぜて篩《ふる》って、別に玉子二つへバター大匙一杯、バニラ小匙一杯半ナットメッグの摺《す》り卸《おろ》したのを一つの四分の一と牛乳八勺《はちしゃく》ばかりよく混ぜて粉砂糖即ちパウダシュガーを大匙三杯入れてその中へ篩った粉と肉ずく少しとを加えてよく捏《こ》ねて板の上で展《の》して手で小さく円《まる》めても好きな形《かた》ちにしても構いません。それをサラダ油で揚げると膨《ふく》れますから西洋紙か新聞紙へ取って油を切ってお皿へ載せてまた粉砂糖を上へ振りかけて出します」

精進料理ドーナツ

西川玄房和尚

からだにも心にも優しく、材料の持ち味を生かした精進料理ドーナツを。

そんなリクエストを持って西川和尚さんを訪ね、精進料理ドーナツのレシピを考案して頂きました。

かぼちゃとピーナツの取り合わせが優しい味わいのかぼちゃドーナツと、豆づくしの黒豆まんじゅうの揚げドーナツ。

どちらも、家族みんなが大喜びのとびっきりのおいしさです。

＊

かぼちゃドーナツ

◇材料（四人分）
かぼちゃ・木綿豆腐……各二五〇グラム
大和芋……三〇グラム
ピーナツバター・小麦粉……各大さじ二
塩・砂糖各適量
長芋・酒・皮付きピーナツ・パン粉・揚げ油……各適量

◇作り方
①かぼちゃは適当に切って蒸し器で蒸し、皮を除いて裏ごしし、豆腐は布巾で硬く絞ってすり鉢ですりつぶし（裏ごししてもよい）、大和芋は皮をむいてすりおろしてピーナツバターと一緒にすり交ぜ、塩・砂糖で好みに味付けする。
②長芋は皮をむいてすりおろし、溶き卵くらいに酒で薄め、ピーナツは皮を取って細かく切り砕く。
③①を好みのドーナツ形に整え、小麦粉、②の長芋、パン粉を順に付け、中温の揚げ油でカリッと揚げ、揚げたてに②のピーナツをたっぷりかける。

黒豆まんじゅうの揚げドーナツ

◇材料（四人分）

＊黒豆の甘煮……二〇〇グラム
団子粉……一〇〇グラム
豆乳・小麦粉・パン粉・きな粉・塩・砂糖・揚げ油……各適量

◇作り方

①黒豆は煮汁を切って薄皮を取り、裏ごしして八個に丸め、きな粉は砂糖・塩で好みの味を作る。
②団子粉は豆乳を少しずつ加えてよくこね、耳たぶほどの硬さにして八等分し、①の黒豆を包み込んで少し平らに丸め、沸騰する湯に入れて二〜三分煮て水に浸して冷ます。
③②を水切りして小麦粉をふりかけ、調えた揚げ衣にくぐらせてパン粉を付けて中温の油でサッと揚げ、揚げたてに①のきな粉をかける。

＊黒豆の甘煮の作り方

◇材料

黒豆一カップ
砂糖大さじ二
淡口しょうゆ大さじ一
塩少々

◇作り方

①鍋に豆の四〜五倍の水を入れ、洗った豆を一晩浸けておく。
②①を火にかけ、最初は強火で、煮立ったら弱火にし、アクを取りながら時々水を加えて煮る。
③②が手でつぶれるようになったら砂糖・塩を入れ、落とし蓋をしてごく弱火で二〜三時間煮て、しょうゆを加えて混ぜ、火を止めてそのまま冷ます。

第五章

ドーナツの物語

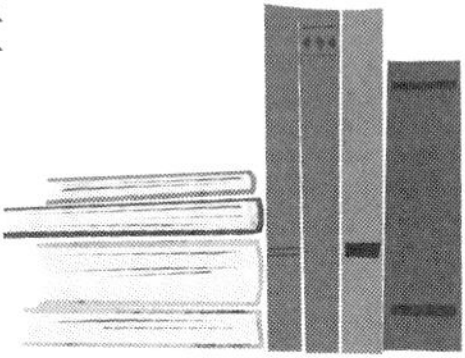

プーキーのドーナッツ

ドーナツが登場する物語は数々ある。だが、何といっても『くちづけ』(ジョン・ニコルズ著、榊原晃三訳、ハヤカワ文庫)である。この物語が好きで、何十回読んだか知れない。痩せっぽちで、あけっぴろげで、いつも突飛なことばかり考えているプーキーという女の子が実に魅力的で、彼女が発する言葉も、詩のようにすてきなのだ。

この物語の中にもドーナッツ、正確にはドーナッツが登場する。

主人公であるプーキーとジェリーが、ドーナッツとコーヒーのために、ドーナッツ・ショップに行くシーンがある。舞台はニューヨークである。そこで、プーキーはカウンターの男性と喧嘩を始める。プーキーの言い分はこうである。

「ドーナッツなんかほしくない、穴だけを三十個ちゃんと包んで」

そうして、SワードとかFワードの類だと思うのだが、口にするのをはばかられるような言葉を大声で言い、二人はその場で外に放り出されてしまう。多分、その店にあったのは、リング状のドーナツだけだったのだろう、穴だけを三十個、そんな無理難題を聞けるはずもない。だが、白いフィギュア・スケート靴にスパゲッティを詰め込むという突拍子もない夢を見た時でさえ、「どうしてだなんてきかないでちょうだい」というのがプーキーの言い分である。穴も込みならご用意できます、位の返しはあってもよかったのに、と思ったりする。

ドーナッツの秘密

長田　弘

ごく簡単なことさ。
牛乳と卵とバターと砂糖と塩、
ベイキング・パウダーとふるった薄力粉、
それから、手のひら一杯の微風、
ボウルに入れて、よく掻きまぜて練る。
指からスッと生地が離れるぐらいがいい。
それがドーナッツのドーで、ドーを
長く使いこんだめん棒で正しくのばす。

粉をふったドーナッツ・カッターで切る。
そして熱い油のプールで静かに泳がせるんだ。

あとはペイパー・タオルで油をきって
きれいな粉砂糖とシナモンをまぶすだけ。
ごく簡単なことさ。

けれども、きみはなぜか知ってるか、
なぜドーナッツは真ン中に穴が開いてるのか？

まだ誰もこたえてない疑問がある、
いつもごく簡単なことの真ン中に。

ドウナツ

北原白秋

子供の好きなドウナツは
ポンポン蒸気《じようき》船の煙の輪、
いつもおやつは窓越しで
赤い夕日の松花江《スンガリー》。

円い輪型のドウナツよ、
狐色してホカホカで
いつも揚げます母さんが、
とても大きなフライパン。

僕等の好きなドウナツは
世界の子供がみな好きだ、
そこでナイフをカチャカチャだ、
皿よ廻れよクルクルリ。

踊れフォークよドウナツの
ピカピカザラメの粉つけて、
春も来ました、雪溶けだ、
ポンポン蒸気船の松花江。

ドーナツ

清水義範

1

「地下鉄を出たところに、ドーナツ屋さんができましたね」

と、村田《むらた》良江《よしえ》が世間話の口調で言った。

「うん。近頃の、チェーン店のドーナツ屋ね。あれはアメリカ風の食べ物だろうね」

水谷浩太郎《みずたにこうたろう》はお茶を一口飲んでそう言った。

「お食べになることありますの、ドーナツなんて」

「いや、食べないねえ。もうドーナツなんて十年以上食べてないよ。甘いものをまず食べなくなっちゃってるから」

もっぱら酒ばかり飲んでいる、という意味だ。ドーナツを喜んで食べていたんではイメージがこわれる、という意識もある。

水谷は、伝奇小説や歴史小説を中心に仕事をしている作家であった。四十八歳という年齢は、その業界では中堅というところか。出身は名古屋なのだが、その事実にはなるべく触れないようにしている。

村田良江は、出版社である中経社の、書籍出版部に籍を置く編集者である。これまでにも、水谷の新刊本を出す時に担当をしてきた。年齢は、いつだったか、何かの話の時にチラリと口にしていたのだが、三十をちょっと過ぎたくらいで、仮に三十三歳ということにしておこうか。

落ちついたベテランの編集者である。今日は、先月、中経社が出している小説雑誌で連載が完結した水谷の小説を、いつ単行本として刊行しましょうか、という打ち合わせに来たのである。その用件は終って、軽く世間話でも少々、という雰囲気になっていた。

職業柄、水谷はひたすら家にとじこもって机に向かうばかりで、外へ出かけることが少ない。仕事は完全な個人作業なのだから、ひとと会話する機会もごくまれである。

そういう作家に対して、とりとめのない雑談の相手になってやるのも、務め、というわけではないが、編集者の甲斐性《かいしょう》であった。巷《ちまた》の噂《うわさ》話や、最近の流行や、移りゆく風俗を話題にして作家の頭を刺激し、場合によっては次作のアイデアが浮かんだりすればもうけものである。そこまでいかなくても、会話によって気心が通じあえばなにかと仕事がうまく運ぶわけだ。

「でも、どうなんですか。時々ふっと、ドーナツが食べたいなあ、なんて気がする時ってありませんか？　ドーナツに限らなくてもいいんですけど。私なんか夜中にチーズケーキがめちゃくちゃ食べたくなって悶絶《もんぜつ》することとかありますけど」

水谷はへらへらと笑った。

「夜中に、それも買い置きがないような時に限ってむしょうに食べたくなるのはラーメンだよね。ラーメンというのはあれ、どこか魔性を秘めた食べ物だよ。食欲とは別に、ラーメン欲というのがあるんじゃないかという気がするくらいだ」

「ありますよね」

村田良江はそう言って微笑した。

「でもまあ、ラーメンのことはちょっと話が違うか。村田さんが言うのは、子供の頃に食べたものへの郷愁がふっとよみがえることってないか、という話だよね」

「ええ」

「うん。お菓子なんかでね。子供の頃に好きでよく食べた、よく食べたんじゃなくても、たまに食べられるとすごく感激だったなんてもののことを、わけもなく思い出すことはありますね。大人になって嗜好《しこう》が変っていて、今それを食べたとしても絶対おいしいと思うはずがないようなものなんだけど、思いこみの中ではすごくおいしかったたって気がするんだ」

「そうなんですよね。なつかしい、っていう気持が強くて、とにかく食べたいなって気がしちゃうんです」

「うん。味の記憶っていうのかな。そういうのはあるなあ」

水谷はそう言って、遠くをぼんやりとながめるような顔をした。

村田良江は顔を輝かせて言う。

「それで、話のきっかけのドーナツですけど、私、ドーナツには思い出があるんですよね。あのチェーン店のみたいな、すごく甘い今風のドーナツじゃなくて、子供の頃に家で作ったドーナツなんですけど」

「小さい時？」

「ええ。娘になってから自分でケーキを作ったりしたとかいう頃の話じゃなくて、小学生の頃、お祖母《ばあ》ちゃんが作ってくれた素朴なドーナツがなつかしいんです。あれはちょっと特別のおいしさだったなあ、という気がして」

「家で作るドーナツか」

「ええ」

「うん。そういう意味では、ぼくも家庭で作ったドーナツには思い出があるよ。本当はそんなにうまくできているはずはないんだけど、味を今でも覚えているなあ。考えてみればあれがぼくのドーナツの原点かもしれない」

「家で作るドーナツって、なんか気持があったかくなるようなところありますよね」

「そう。ワイルドなドーナツなんだけどなあ」

と、作家と編集者の意見は一致した。

昔、家で作ったドーナツの味がなつかしいなあ、と二人とも言っているわけである。

ところが、この二人がそれぞれ頭に思い浮かべ、なつかしがっているドーナツは、まるで別のものなのである。

名前がドーナツである以外はかなりの差のあるものを、それぞれが思い出し、うん、あれはうまかった、と思っているのだ。

味の記憶はきわめて個人的なものなのである。

2

村田良江が思い出しているものは、昔、祖母が家で作ってくれたドーナツである。その人は戦前の嫁入り前に西洋料理を習っていたことがあるとかで、年齢の割にはハイカラなものを作るのだった。カステラを薄く焼いて、クリームをはさんでロールケーキなんてものも作ったことがある。アップルパイにまで挑戦したことがある。残念ながらそれは大成功、というわけにはいかなかったのだが。

とにかく、日曜日などに、その祖母は小学生の良江に手伝わせてドーナツを作ることがしばしばあったのだ。

そして、ドーナツでもロールケーキでも同じことだが、非常にうまくできたもの、つまり味も申し分ないが形や色まで見事なできだという作ったうちで一番いいのを、近所に配ってしまうのであった。えっ、これをお宅で作ったんですか、と言われるのが嬉《うれ》しいからである。

祖母は、少々勝ち気で、リーダータイプで、ひとにほめられるのが何より好き、という性格だったのである。たとえばロールケーキを五本作ったとして、カステラがどこも破れず見事に巻きあがるものは、せいぜい二本である。それだけできれば絶好調だった。

その二本を、祖母は近所の知人の家か、老人会の集合場へ持っていってしまうのだった。

だから良江は、うちでお祖母ちゃんが作ったロールケーキの、まともなところを食べたことがなかった。よく食べさせられるのは、巻いていくうちにケーキが破れてハレツしたやつであった。ハレツしたせいで丸くはなくてくさび形をしていたりした。

ごくまれにハレツしてないのを食べていい時でも、良江にまわってくるのはそのロールの端の、形を整えるために切り落としたところだった。そこは、時としてクリームがぶにょっとはみ出していたりして、それなりにおいしいのだけれど、一度でいいから端っこじゃなくてまん中のきれいな一切れを食べたいなあと思ったものだった。

なのに端っこ。ロールケーキでも巻き寿司《ずし》でも、端の切り落としを食べて良江は成長したのである。

「今日はドーナツを作るよ」

と祖母がたった一人の孫の良江に言う。

すると良江は、できのいいところは食べられない、という不満のことをコロリと忘れて、その都度楽しくなってしまうのだった。ドーナツを作るのを手伝うのは大好き、と思う。

祖母はまず薄力粉《はくりきこ》を出して、それを良江にふるいでふるわせる。面白い作業である。

次に、砂糖を薄力粉の上にふるって混ぜる。

そこへ、ベーキングパウダーを少々。

玉子を三個ほど、大胆に割って入れる。

祖母は、あんまりミルク臭いのは好きじゃない、ということで、牛乳は入れなかった。ひょっとすると過去に、牛乳を入れてみてうまくいかなかった体験、なんてのがあるのかもしれない。

粉と玉子のところに水を入れて手でねる。この言葉だけは料理をしない人でも知っているという、耳たぶくらいの固さになったら下地は完了である。

だが、ドーナツ作りで楽しいのはそこからの作業であった。耳たぶの固さの生地を、まず大きな塊に丸め、それをメン棒でのしていくのである。それが正しいやり方なのかどうかは知らないが、祖母のやり方はそういう、うどん打ち方式であった。打ち粉をして棒につかないようにしながらのばしていくのだから、まさにうどん打ちである。

ただし、うどんほど大きく、薄くはのばさない。厚みがまんべんなくどこも七ミリぐらいになれば、それでよい。

「はい。良江がドーナツの形にしなさい」

と祖母が言うと、良江はたまらずニコニコしてしまう。それが一番面白いのだ。ブリキの茶筒のふたで、平らにのばした生地をくり抜いていく。ぐっと押したあと、切るようにグルグルとねじ回すのがうまく切り出すコツであった。

そういう円盤状のものができると、今度はウイスキー瓶のふたで、円盤の中央部から小さな円盤をくり抜く。そのウイスキーは、多くの場合サントリーの角瓶であった。

こうしてドーナツの原形ができあがる。たまには穴の位置のズレたのもあるが、おおむねは、文句のつけようがないドーナツ型になっていた。

丸くくり抜かれた生地は、祖母の手で再度塊にまとめられ、メン棒でのばされ、バージン生地に生まれかわる。そこからまた、ドーナツ型にくり抜いていく。

ただし、幾何学に強い人ならすぐにわかることだろうが、この、抜かれた生地の再生という作業はエンドレスである。どこまで行ってもくり抜かれた残骸《ざんがい》というものが出るのだ。

そこで祖母は、二度目の残骸はもうまとめず、手で適当に団子状にまるめてしまうのだった。それと、ウイスキー瓶のふたでくり抜いたドーナツの穴の部分は、それで完成形に準ずるものとする。

植物油を火にかけて熱くする。温度を確かめるには、生地のくずを丸薬一粒分くらいちぎり取って油に入れてみればいい。それが油に沈まず、いきなり油の上で音をたてて踊りだしたら熱すぎである。

入れた一粒が、すーっとフライパンの底に沈んでいって、そこで動かないようでは温度が足りない。

入れた粒が、いったんは沈むが底につくかつかないかのタイミングですっと上昇して油面に浮くのであれば適温である。

ただしまあ、良江の祖母はそこまで厳密な仕事をしはしなかった。その辺のことは長年の勘でわかっている、という考えから、テキトーに生地を油に入れた。そしてしばしばドーナツはしばらくフライパンの底で息をひそめていたものだ。ちょっと入れるのが早かったのである。

ドーナツを油に入れる時の注意点は、端を指でつまんでぶら下げて入れてはいけない、ということである。形が崩れるから。

しゃもじの上にのせた生地をフライパンのふちからすべらせるように入れる、というのが正解だが、しゃもじは省略してもよい。とにかく、そっと手にのせて、ふちからすべりこませる。

やがてドーナツがふくらんできて、こんがりときつね色に揚がったら完成だ。裏返して両面にほどよく色がついたら、箸《はし》でつまんで取り出す。そして祖母はそれを油切りのために、広げた新聞紙の上に置いた。昔のことだからである。今なら衛生と、インクの匂《にお》いがつくからいや、という理由で、和紙か、クッキング・ペーパーの上に置くであろう。

そうやって、形も色も申し分のない、見事なドーナツができあがっていく。ドーナツ作りはロールケーキ作りと違って、フィニッシュの段階での痛恨の失敗、というのがあまりないのだ。

祖母は、おいしそうにできたものを並べていく。それは、ご近所へまわす分である。

良江の祖母のドーナツはそれで完成形であった。お菓子屋さんのドーナツのように、あの上に砂糖をまぶしてあればもっといいのになあと良江は思うのだが、それだと甘すぎるよ、というのが祖母の意見であった。

「味見したい」

と良江が言う。すると祖母は、これお食べと、まだ熱いやつを箸でつまんで渡してくれる。

それが、必ず、くり抜かれたドーナツの穴の部分を揚げたものであった。小さな丸い形の、ふっくらふくらんだものである。

それでも、おいしい。これがお祖母ちゃんのドーナツの味だ、おいしいなあ、と思うと同時に、一度でいいからちゃんと穴のあいたドーナツ型のドーナツを食べてみたいな、と良江は思うのだった。

「どうだい」

「おいしいよ」

「そうかい。もっとどんどんお食べ」

良江の前に、小さくて丸い、ドーナツ型ではないドーナツが並ぶ。

良江は、ドーナツの穴を食べていたのだった。

それが、彼女にとっての、なつかしいお祖母ちゃんのドーナツである。お祖母ちゃんが亡くなってから、もうかなりの年月あの味のドーナツを食べていなかった。

3

水谷浩太郎が、それを今食べたいと思っているわけではないが、あの味はなつかしくて忘れられないな、と思っているドーナツは、少年時代の、大変な日に食べたものだった。

彼は、自分の出身地である名古屋のことを隠しているというわけではないが、あまりひととの話題に出さないようにしていた。その地のことを話題にすると、関東出身の人が、必ずニヤニヤと軽蔑《けいべつ》的に笑うからである。おもしろいところですよねえ、なんて言ったりもする。

そう言われて、あまり気分がよくはない。出身地のことなど日常生活の中では意識していないし、特別に愛しているわけでもないのだが、そこが笑いものにされるのは、ちょっと面白くないのである。名古屋は別におかしな都市ではなくて普通ですよと言いたくなる。

しかし、そんなふうに名古屋の味方をして、水谷さんは名古屋を愛しているんだ、なんて思われるのも面倒である。そう言えば、作風がどことなく名古屋的だよね、なんて思われてはたまらない。

私は名古屋にはかかわりたくない、というのが水谷の基本姿勢であった。名古屋のことはよく知らないんですよ、と表向きは宣言しておく。

そのほうが、妙な色メガネで作品を見られないですむからである。

名古屋出身の作家で、盛んに名古屋弁を使って名古屋を扱った小説を書き、笑いと評価を受けている人がいるのだが、水谷はその作家をアホな奴だなあと思っていた。小説をローカルな笑いに持ちこんでいては、全国区の作家にはなれまい、と思うのだ。

そういうわけで、水谷は郷里のことを表に出さない方針であった。

だが、そうだからといって彼に故郷がなくなってしまうわけではない。高校を卒業する歳《とし》まで、彼は名古屋で育ったのだ。

そして、伊勢湾台風に遭遇している。

昭和三十四年の九月二十六日、水谷が小学校の六年生の時に、その大きな台風は名古屋を襲った。

彼の住んでいた家は、名古屋城の北西にあたる西区にあり、つまり港や、木曾川を代表とする大河には近くなかったので、死者を多数出したというような大被害には巻きこまれずにすんだ。クラスメートの家が一軒倒壊したというのが、子供だった彼があとで目にした唯一の実際の被害だった程度だ。むしろ、大河に近い中川区の親戚《しんせき》の家が水につかり、そこから年下のいとこがその後ひと月あまり疎開に来ていたほどで、西区の彼の住むあたりはなんとか助かった地帯であった。

しかし、それでもその巨大な台風の直撃は受けた。それは生涯忘れられないほどのものすごさだった。

夜がふけゆくほどに、風が強烈になってくる。風の音が周期的にゴウゴウと襲いかかり、恐《こわ》いほどであった。

両親と、姉と兄と弟との一家六人が家に揃《そろ》っていた。そして一家全員で何をしていたかというと……。

縁側のガラス戸をおさえていたのだ。

古くて、普請の悪い四軒長屋の端にあたるその借家には、雨戸がなかった。昔はあったのだろうが、失われて久しかったのだ。

南に面したそのガラス戸が、強い風が襲いかかるたびに、弓形にたわむのである。昔の様式の、一枚の戸に八枚の小さなガラスをはめた戸である。戸の、桟の部分が曲がるのであろうが、それだけじゃなく、そこにはまったガラスも強風のたびに確かに曲がったように見えた。ガラスが曲がるほどの風があるなんて、子供の彼には驚異だった。

このガラスが割れて、ガラス戸が失われれば、風圧によって屋根が吹きとばされるぞ、と父が言った。

そう言う最中も、ガラス戸が大きくしなっていまにも折れてしまいそうである。そこで、一家全員で、そのガラス戸をおさえた。ゴウーッ、と強風が来るたびに、風圧にさからってガラス戸を押し返すのだ。野球のバットで支えもしていたが、それでは足りなさそうなので、人の力でガラス戸を守っていたのである。

水谷の伊勢湾台風への印象は、ほとんどその、しなるガラス戸をおさえていた、ということにつきる。

もちろんその作業の間に、たたきつけられた激しい雨が戸のすき間や、ガラスと桟のすき間からしみ込んできて、縁側はずぶ濡《ぬ》れであった。みんな、ビショビショになって戸をおさえたのだ。

そんな体力勝負が二時間ぐらい続いた。

十二時をまわって、ようやく風もおさまりかけ、雨は小降りになった。

家族全員が、ふう、とため息をついた。なんとか家を守りきったかな、と思ったのだ。

ところが、二階へ行った兄と姉が、二階が水びたしだと報告した。

屋根がなくなっていたとか、瓦《かわら》が飛んでしまっていたというわけではない。ほんの一、二枚飛ばされた以外、瓦は無事だったのだが、台風の雨というものは瓦では防げない、という新体験があったのだ。雨が、瓦と瓦のすき間を、風の力で上へ昇るというわけだったのである。そのせいで二階は水びたしだった。

停電で真っ暗になっている中、ろうそくの光を頼りに家族全員で畳の上の水を雑《ぞう》巾《きん》でふきとった。同じ時刻に、場所によっては堤防が崩れて水位がぐんぐん高くなってきて、天井板をぶち破り、屋根を壊してその上へ避難していた人も沢山いたのだから、それにくらべれば平和なものだが、かなりの重労働を強いられた一日ではあったのである。

おなかが減ってしまったなあ、ということになる。水谷の兄や姉は食べざかりの年頃である。そうじゃない者も、夜がふけて以来の労働で空腹になっていた。

台所へ行って調べてみると、ガスも、水道も生きていた。実はこれは台風通過直後だけのことで、その三時間後にはガスも水道も止まり、それからかなり長期間復旧しなかったのだが。

「何かを作りましょう」

と母は言ったが、特にこれといった材料は買い置きしてなかった。その上、台所にも雨もりがしていて、いろいろなものが水をかぶって使えなくなっていた。

なんとか捜し出したものが、小麦粉と砂糖だけである。ただしふくらし粉は水にやられていた。

「ドーナツでも作ろうかね」

と母が言った。

4

水谷の母は、村田良江のお祖母ちゃんほど料理の素養があるわけでもない、ごく平均的な主婦だった。家でカステラを焼こうなんて思ったことのない人である。同じもののことを村田家ではベーキングパウダー、水谷家ではふくらし粉と呼んでいるところにも差が出ている。

その人がどうして、そんなあわただしい夜に、それまで作ったことのないドーナツを作ろうと思ったのであろう。

粉と砂糖があるから、パン系のものを作ろう、と思ったのか。そして、ふくらし粉が使えないから、ホットケーキは薄くて硬くておいしくないだろう、と。

食べざかりの子供に、粉物は歓迎される。腹にたまる満足感があるからだ。それが油で揚げたドーナツならば子供に一層うける、と思ったのか。

それとも、ホットケーキを何枚も焼くよりドーナツのほうが簡単で、こういう非常時に向くと思ったのか。

いや実は、母も台風で興奮していて判断がおかしくなっていたのかもしれない。

とにかく、台風の去った深夜に、ろうそくの光を頼りにドーナツを作ることになった。

ただし、あった小麦粉は強力粉《きょうりきこ》であった。うどんなどを打つのに適した粉で、ホットケーキやドーナツには向かない。

だけどそれしかないのだし、こういう緊急時には贅沢《ぜいたく》は言ってられないのである。強力粉と砂糖を、もちろんふるいもせずにまぜて、水でねった。それを、手でこねて、小指くらいの太さの棒状のものにする。七センチほどのその棒を、曲げて輪の形にくっつけた。直径四センチほどのミニ・ドーナツの形状に、とりあえずはなるわけである。

一方、お中元でもらったサラダ油の新しい缶を開けて、フライパンにたっぷり注ぐ。それをガスの火にかける。すべてろうそくの灯《あか》りのもとでの作業である。

水谷もそのドーナツ作りを手伝った。粘土遊びのようで、なかなか面白いのである。

それに、その夜はみんな、台風にあおられて少々ハイになっていた。なんだか興奮して、ピクニックでもしているような、楽しい気分になっていた。

だからこそドーナツだったのかもしれない。

ただし、棒状のものを曲げて輪にしたドーナツは、あまり格好よくはなかった、やたらに太ったのや、小さいのや、大きいのや、いろいろできる。一応まん中に穴が開いてはいるのだが、鉛筆も通らないような小さな穴である。

そういうものを、熱した油に次々と入れて揚げていった。薄暗くて色がよくわからないのだが、硬さと重さと勘で揚がったかどうかを判断して、揚がったものは金網の上に取り出す。新聞も濡れちゃっている時の油切りの方法であった。

ふくらし粉が入っていないとはいえ、熱が通れば多少はふくらむ。その結果、ドーナツの穴はなくなってしまった。みんな穴のところがふさがってしまい、仏壇のリンがのってる座布団のような形になった。

そういうドーナツをざっと五十個あまり作って、暗い中で、みんなで食べた。

大変なドーナツである。

まず、硬い。ほとんどふくらんでいなくて、しかも強力粉だからである。中が生でぐにゃぐにゃしているのはなかったが、なまじ火が通っているだけに、再度水気を失って粉っぽい。硬い落雁《らくがん》にかじりついているような気がした。

要するに、ほとんど熱いカンパンのようなものができたのである。

しかし、カンパンより味はよかった。牛乳も玉子もバターも入ってはいないのだが、砂糖はたっぷり入っているのだ。空腹の六人には十分に食べられた。

モコモコと、かみしめて食べなければならないドーナツだった。歯が欠けるといけないから注意して食べろ、というドーナツである。

その、やけに原始的なドーナツの味が、水谷にとっては伊勢湾台風の思い出と結びついてしまっている。成人してからも、台風の被害が出たというニュースを見るたびに、彼はそのドーナツのことを思い出した。母が家でドーナツを作ってくれたのはそれが最初で最後だったからである。

5

「チェーン店のがおいしくないというわけじゃないんですけど、家で作ったドーナツはそれとは全く別のもので、それも思い出深いものですよね」

村田良江はなつかしげな顔をしてそう言った。

「今のドーナツはちょっと甘すぎないかな。ずい分昔に食べたきりだけど、食べているうちに、ミシミシと歯が虫歯になっていくような気がしたよ」

ふふ、と良江は笑った。

「アメリカ人というのは、あの甘いドーナツをやたらに食べるんだよね。翻訳小説を読んでいると、主人公の朝食がドーナツだったりしてげんなりすることがあるよ」

「やっぱりドーナツは自分の家で、自分のところの味で作ったほうがいいですよね」

「うん。そういうドーナツはうまくはなかったかもしれないけど、なつかしいよね」

なつかしのドーナツ。

でも二人が頭に思い浮かべているのはまるで違ったもの。

一方は、ドーナツではなく正しくはドーナツの穴、と呼ぶべきもの。

もう一方は、仏壇のリンの座布団の形をした、熱いカンパンのようなもの。

だが、そういう違いはあるにしろ、なぜかドーナツというものはなつかしい。

編者解説　ドーナツがなくなれば、穴もなくなる

早川茉莉

ドーナツが大好物というわけではない。せいぜい、月に一度食べるくらいである。だが、たとえ月に一度であったとしても、ドーナツなしの人生は考えられない。それは、子どもの頃のおやつの記憶や、時間が有り余っていた学生時代にドーナツを齧りながら本を読んだ記憶が、心の中の私設図書館にたっぷり保管されているからである。さらには、植草甚一さんのエッセイのタイトルのように、なるほど「ドーナツはほかのことを思い出させるもの」であり、ドーナツのことを思ったり、ドーナツを口にしたりすると、ふんわりふくらんだドーナツの輪っかに対するわくわく感と共に、その穴の中からいろいろな思い出があふれてくるからなのである。ドーナツは、私にとってのプティット・マドレーヌなのかもしれない。

十代の頃、アメリカ文学に夢中になっていた時期があった。京都には文庫専門の

書店なるものがあり、そこで、これは、と思う文庫を見つけては、カフェや電車の中で読み耽っていた。不思議なもので、解説や帯に頼らずとも、あの頃はタイトルを見ただけで読みたい本かどうかが分かり、ほとんどはずれがなかった。毎日のようにその文庫専門店や古書店に通ううち、勘が養われたのかもしれない。そして、それらの本の中で、たくさんのドーナツに出合った。コラムに書いた『くちづけ』のプーキーのドーナツも、そんな風に出合ったものである。

そういえば、子どもの頃、両親に買ってもらった図鑑のシリーズに、太陽系についての一冊があり、そこに、地球から歩いて行くとどれくらいの時間がかかるのか、という、地球と太陽系の惑星との距離についてのページがあった。月までなら、火星までなら、と、果てしないその所要時間が書かれていたページを何度も何度も開き、行ってみるなら土星だな、と思っていた。何故なら、土星はリング付きだったからである。一体どれくらいの時間をかければ土星に辿り着けると書いてあったのか、今では思い出せないが、憧れはつのった。今にして思うに、土星のリングに私は、おやつのドーナツを重ねていたのかもしれない。

それから、そうだ。学生時代に映画館でアルバイトをしていた時のことである。

名画座として知られていた祇園会館での映画見放題という、私にとっては夢のような特典付きの仕事だったが、そこの売店で『神戸・G線』のドーナツが販売されていた。茶色いシンプルなオールドファッション・ドーナツである。そこで観た映画やそこでの時間を思い出すと、『神戸・G線』のドーナツがよみがえる。

＊

琥珀色の光に包まれたレトロでクラシックな雰囲気のカフェには、何故メニューにドーナツがあるのか。これは私にとっての長い間の懸案事項だったが、植草甚一さんのエッセイにある「コーヒーの味のきめ手はドーナツにあるかもしれない」という一文を読んで、少しだけ合点がいった。もしかすると、コーヒーの味を引き立てるために、あるいはコーヒーにぴったりのお菓子として、ドーナツに白羽の矢が立ったのかもしれない。なるほど、コーヒーとドーナツというのはなかなかすてきな組み合わせである。

『アメリ』（イポリト・ベルナール著　リトルモア）の冒頭に、

「この広い世界で起こっているのは、無数の小さな、本当にちっぽけなできごとばかりです」

とあるが、『ニューヨーク』誌の記者がニューヨーク中のドーナツを食べ歩いたこと。カフェの店主がメニューにドーナツを入れようと思いついたこと。誰かがドーナツの穴について考えていること。今、世界中のどこかで誰かがコーヒーを飲みながらドーナツを齧っていること。あるいは、幼い私が図鑑に載っている土星にわくわくしたこと――。それらは、その人以外の人にとっては取るに足らないような、本当にちっぽけなことかもしれない。だが、れっきとしたその人の物語であり、私はそういうちっぽけな出来事に無性に心惹かれる。

ところで、収録した植草甚一さんのエッセイは古い雑誌に掲載されていたもので、この中には、ひと口だけ齧ったたくさんのドーナツが並んだ記事も掲載されている。多分、植草甚一さんのスクラップブックに貼り付けられていたものだろう。もし私がドーナツ・ショップのオーナーだったらパクリたいような興味深い趣向の記事であり、デザインである。Hell of a Bite というキャッチコピーも洒落ている。誰かがドーナツを食べ歩いて、こんな風に仕立ててくれないかしらん。

＊

収録した作品以外にも、実は様々なドーナツ、ドーナツの物語がある。少しでも心残りを少なくしたいので、ここでその一部についてご紹介しておきたい。

意外なところでは、『祇王寺日記』(高岡智照尼著、講談社)。

「これ、姉ちゃんから庵主さんにおみやげ代りにといって、ことづかって来ました」

智照尼は、手伝いの女性からハイカラな感じの紙箱を渡される。開けてみると、「ドーナッツがおいしそうな顔を一列にならべて」いたとある。昭和三十七年の日記である。

「これ、食べたいなあ……と、思っていたところだった。うれしいわ……。」

そう言って、紅茶を啜りながらドーナツを食べたことが日記に書かれているのだが、静寂に包まれた祇王寺のドーナツの夜を思うと、竹林の上にぽっかりとかかる黄色い月まで浮かんで来る。

それから、増田れい子さんには、収録したものとは別に、もう一編「ドーナツ」

（『一枚のキルト』、北洋社）というエッセイがある。その中で増田れい子さんは、母親の住井すゑさんが天ぷらの残りの衣でこしらえた団子風ドーナツの思い出や彼女自身が作るドーナツのことについて書くと共に、「このごろのドーナツ」というものに苦言を呈している。かたちばかりととのっていて、「粉のかおりもタマゴのうまさもとんと感じさせない、ただやわやわと甘いだけのものになり下がっている。（中略）こんな単純な駄菓子がどうしてこうもうまくないものになり下がってしまったのか」と。そして、横浜の元町の商店街の目立たぬ古いパン屋さんが揚げる昔風のドーナツについて触れ、「こんなふうに、古いまちの目立たぬ店で、うまいドーナツがひっそりつくられ、まわりの人を幸せな気分にしているのかも知れない」と書いている。今も横浜にはそのうまいドーナツを揚げる店はあるだろうか。

タイトルにドーナツとあるのが『戦火とドーナツと愛』（城戸崎愛、由井りょう子著、集英社be文庫）。この中の「ないない尽くしの中での料理」に、てんぷらの衣にサッカリンや砂糖を入れて揚げた簡単なドーナツのことが書かれている。敗戦直後のないない尽くしの中、工夫して生まれたおやつだったのだろう。城戸崎さんはさらに、卵が手に入ったときは、本物のドーナツも作ったと書いているし、バニラエッセンスを闇市で手に入れて、バニラの香りがついたドーナツを作ったこともあったとも書いている。厳しい日々の中、工夫して作ったドーナツはどんなにおいしく、人の心をあたためたことだろう。「私のドーナツは、今もこのレシピで作っています」とあるが、城戸崎愛さんのバニラの香りがするドーナツは、こうして生まれたのだと思うと感慨深い。戦争の記憶と共に受け継いでゆきたい味である。

『沢村貞子の献立日記』（とんぼの本、新潮社）は、カバーをめくると、お皿にのったドーナツとドーナツの穴が目に飛び込んでくる。それは記憶の中の母のドーナツそのもので、懐かしさのあまり、じっと見入ってしまった。嬉しいことに、この本の中にはその「自家製ドーナッツ」のレシピも掲載されている。これまで読んだ沢村貞子さんの本では出合ったことがないので、彼女が五十七歳から八十四歳までの二十七年間、一日も欠かさず記したという三十六冊の献立日記のどこかに記されていたものなのかもしれない。読みながら私は、この本をきっかけにして、沢村貞子さんのドーナッツを作っている人が世界のどこかにいるかもしれないと思うと、何だか楽しくなる。実は私もその一人なのだが、第四章に収録した「ドーナツのつくり方」も是非お試しを。

＊

実は、『玉子ふわふわ』刊行後、ドーナツのアンソロジーを作りたい、と漠然と思っていた。というのは、かつては手作りおやつの定番だったドーナツが姿を消し、私自身も含め、ドーナツは買うもの、というのが当たり前のようになってしまっている事実に愕然としたからである。同時に、おいし過ぎ、きれい過ぎるドーナツ、店で買うドーナツばかりになってしまってはつまらないな、と思ったのだ。宮司の松村忠祀さんのエッセイにあるぼた餅のように、ドーナツも家々によって違う味わいがあって、もしかするとそこには「ご先祖様」のような、その家ならではのものが入っていたのかもしれないのに。さらには、さまざまな思い出、思い入れがありながらも、取り立ててドーナツについて書いておこうとは思った人は意外に少なく、ここで是非書き残しておいていただき、今のうちに「ドーナツ採集」をしておきたいとも思ったのである。贅沢にも書き下ろしが多いのは、こうした理由からである。

こう書きながら、私にとってのドーナツを思ってみる。それはスイーツじゃなく、デザートじゃなく、おやつ。輪っかの真ん中にあるものも含めてのおやつ。おなかよりも、気持ちを満たしてくれるものとしてのおやつ、である。

解説のタイトルは、古い映画の中のセリフであるが、大切なものは目に見えない、そんなことまで内包しながら、長田弘さんの詩「ドーナッツの秘密」の最後の二行のように、「ごく簡単なことの真ン中」にあるものをさり気なく提示しながらも、そんなことはおくびにも出さず、素朴に存在するドーナツ。何と不思議で、大きいものであることよ。

最後に余談をひとつ。アンサイクロペディアの「ドーナツ穴問題」である。「ドーナツは研究の余暇に楽しむものであって、このことを頭痛の種にすべきではない」とアインシュタインが論文の序説に書いているといったことや、アインシュタインの偉業をたたえてアメリカ政府がドーナツ一年分を贈ったということなど、そこに書かれているエピソードは、もし本当にそうだったら面白いし、さもありなん、とも思えて来て、実に楽しませてもらった。

これらに限らず、ドーナツの起源やドーナツの穴については諸説あって、それぞれ面白く、興味深いエピソードのオンパレードである。ことほどさように、ドーナツというのは、いろいろなことを思い出させるだけではなく、いろいろなことを考えさせ、想像の翼をも与えてくれる食べものである。収録した四十一編のドーナツを、穴の部分も含めて、じっくり味わっていただきたいと思う。

底本・著者プロフィール

【第一章　ドーナツの思い出】

＊ミルクホールとドーナツ――書き下ろし
吉沢久子（一九一八―）生活評論家・エッセイスト。『吉沢久子の旬を味わう献立帖』『96歳いまがいちばん幸せ』他
＊焼いもとドーナッツ――『銀座百点』Ｎｏ．２３６　一九七四年七月号
五所平之助（一九〇二―一九八一）映画監督・脚本家。俳人としても知られており、俳号は五所亭。『五所亭句集』他
＊銀ぶら道中記（五）――『大東京繁昌記　下町篇』平凡社ライブラリー
岸田劉生（一八九一―一九二九）洋画家。『岸田劉生全集』『岸田劉生随筆集』他
＊池――『小出楢重全文集』匠秀夫編、五月書房
小出楢重（一八八七―一九三一）洋画家。『小出楢重随筆集』他
＊お菓子はほかのことを思い出させるものだ――『洋菓子の研究』Ｎｏ．１２４　一九七九年　中央公論社
植草甚一（一九〇八―一九七九）欧米文学、ジャズ、映画の評論家。通称〝Ｊ・Ｊ氏〟『植草甚一スクラップ・ブック』『ぼくは散歩と雑学が好き』他
＊始まりは、ドーナツ屋さんのあるところ。――書き下ろし

三島邦弘（一九七五―）ミシマ社代表。『計画と無計画のあいだ「自由が丘のほがらかな出版社」の話』『失われた感覚を求めて』
＊手作りドーナツの味――『九十八の旅物語』朝日新聞社
俵　万智（一九六二―）歌人。『短歌のレシピ』『オレがマリオ』他
＊手づくりドーナツの味――『昭和育ちのおいしい記憶』筑摩書房
阿古真理（一九六八―）作家・生活史研究家。『昭和の洋食　平成のカフェ飯――家庭料理の80年』『うちのご飯の60年―祖母・母・娘の食卓』他
＊お菓子はときに人のノスタルジーをかきたてる――『洋菓子の研究』Ｎｏ．１２４　一九七九年　中央公論社
野口久光（一九〇九―一九九四）評論家・画家・グラフィックデザイナー・翻訳家。『ジャズ・ダンディズム』他
＊祖母とドウナツ――書き下ろし
行司千絵　新聞記者。休日の週末にミシンを踏み、独学で洋服を作っている。『京都のシェフにならう　お料理教室』
＊ひみつ――書き下ろし
田村セツコ　イラストレーター・エッセイスト。『おちゃめな老後』『すてきなおばあさんのスタイルブック』他
＊高度に普通の味を求めて――書き下ろし

堀江敏幸（一九六四―）作家。『戸惑う窓』『彼女のいる背表紙』他
＊みんなの原で――書き下ろし
井坂洋子（一九四九―）詩人。『黒猫のひたい』『詩の日　詩の耳』他

【第二章　ドーナツの時間】

＊おまけのドーナツ――書き下ろし
林　望（一九四九―）作家・書誌学者。『イギリスからの手紙』『いつも食べたい！』他
＊愛の時間――書き下ろし
熊井明子　作家・エッセイスト。『私の部屋のポプリ』『「赤毛のアン」の人生ノート』他
＊クリームドーナツ――『忘れられる過去』朝日文庫
荒川洋治（一九四九―）現代詩作家。『渡世』『忘れられる過去』他
＊ドーナツを食べた日――「富士日記」より――『武田百合子全作品』2、3　中央公論社
武田百合子（一九二五―一九九三）エッセイスト。『富士日記』『ことばの食卓』他
＊ドーナツ――『Room Talk』筑摩書房
岡尾美代子　スタイリスト。『肌ざわりの良いもの』『Land Land Land―旅するA to Z』他
＊ドーナツメモランダム――書き下ろし
丹所千佳　編集者、会社員。『ＰＨＰスペシャル』『ｍｉｌｌｅ』編集長
＊ニューヨーク・大雪とドーナツ――『やわらかなレタス』

江國香織（一九六四―）小説家・翻訳家・詩人。『真昼なのに昏い部屋』『ちょうちんそで』他
＊テンダーロインの『ヴェローナ・ホテル』（第三話）――『場所はいつも旅先だった』集英社文庫
松浦弥太郎　『暮しの手帖』編集長、COW BOOKS代表。『ほんとうの味方のつくりかた』『ぼくのいい本こういう本』他
＊ドーナツも「やわらかーい」――『メロンの丸かじり』文春文庫
東海林さだお（一九三七―）漫画家・エッセイスト。『花がないのに花見かな』『東海林さだおの大宴会』他
＊真面目な人々――書き下ろし
小池昌代　詩人。『おめでとう』『通勤電車でよむ詩集』他
＊心を鎮めた壺いっぱいのドーナツ――書き下ろし
高柳佐知子　イラストレーター・エッセイスト。『「赤毛のアン」ノート』『エルフさんの店』他

【第三章　ドーナツの穴】
＊ドーナッツ――『村上ラヂオ』新潮文庫
村上春樹（一九四九―）小説家・翻訳家。『女のいない男たち』『色彩を持たない多崎つ

くると、彼の巡礼の年』他
＊おへそがない！――書き下ろし
角野栄子（一九三五―）『魔女の宅急便』『ファンタジーが生まれるとき――『魔女の宅急便』とわたし』他
＊解けない景色――書き下ろし
千早茜（一九七九―）作家。『男ともだち』『からまる』他
＊穴を食す――書き下ろし
細馬宏通（一九六〇―）滋賀県立大学教授。『今日の「あまちゃん」から』『うたのしくみ』他
＊ドーナツの穴が残っている皿――『アール・グレイから始まる日』角川文庫
片岡義男（一九四〇―）小説家・エッセイスト・写真家・翻訳家・評論家。『彼女が演じた役　原節子の戦後主演作を見て考える』『ここは東京』他
＊45回転のドーナツ――書き下ろし
いしいしんじ（一九六六―）作家。『京都ごはん日記』『ある一日』他
＊穴を食べた――書き下ろし
北野勇作（一九六二―）作家。『きつねのつき』『かめくん』他
＊目には見えぬ世界――書き下ろし
松村忠祀（一九三六―）大湊神社宮司・福井日仏協会特別顧問・アートプロデューサー

【第四章　ドーナツのつくり方】
＊ドーナツ――『日本の名随筆54　菓』作品社
増田れい子（一九二九―二〇一二）ジャーナリスト・エッセイスト。『母　住井すゑ』『インク壺』他
＊ドーナツ作りにうってつけの日――『舌の記憶』スイッチパブリッシング
筒井ともみ　脚本家・小説家。『舌の記憶』『おいしい庭』他
＊ドーナツ――『栄養と料理』46巻6号　女子栄養大学出版部
ホルトハウス房子　料理研究家。『ホルトハウス房子　私のおもてなし料理』『日本のごはん、私のごはん』他
＊わたしのドーナツ――書き下ろし
西　淑　イラストレーター。雑誌や書籍の装画等で活躍中。
＊ドーナツ――『食道楽　下』岩波文庫
村井弦斎（一八六四―一九二七）明治・大正時代の新聞記者・作家。『酒道楽』他
＊精進料理ドーナツ――書き下ろし
西川玄房（一九三九―）妙心寺塔頭・東林院住職。『西川玄房和尚の精進料理でつくるデザートおやつ』『禅寺のおばんざい』他

【第五章　ドーナツの物語】
＊ドーナッツの秘密――『食卓一期一会』晶文社
長田　弘（一九三九―）詩人。『なつかしい時間』『記憶のつくり方』他
＊ドウナツ――『白秋全童謡集Ⅲ』岩波書店
北原白秋（一八八五―一九四二）詩人・童謡作家・歌人。『邪宗門』『桐の花』他。
＊ドーナツ――『12皿の特別料理』角川書店
清水義範（一九四七―）作家。『蕎麦ときしめん』『ドン・キホーテの末裔』他。

本書はちくま文庫オリジナルです。
なお、収録に当たり旧漢字は新漢字に改めました。

ねにもつタイプ　岸本佐知子

何となく気になることにこだわる、ねにもつ。思索、奇想、妄想はばたく脳内ワールドをリズミカルな名短文でつづる。第23回講談社エッセイ賞受賞。

TOKYO STYLE　都築響一

小さい部屋が、わが宇宙。ごちゃごちゃと、しかし快適に暮らす、僕らの本当のトウキョウ・スタイルはこんなものだ！　話題の写真集文庫化！

自分の仕事をつくる　西村佳哲

仕事をすることは会社に勤めること、ではない。仕事を「自分の仕事」にできた人たちに学ぶ、働き方のデザインの仕方とは。（稲本喜則）

世界がわかる宗教社会学入門　橋爪大三郎

宗教なんてうさんくさい!?　でも宗教は文化や価値観の骨格であり、それゆえ紛争のタネにもなる。世界宗教のエッセンスがわかる充実の入門書。

ハーメルンの笛吹き男　阿部謹也

「笛吹き男」伝説の裏に隠された謎はなにか？　十三世紀ヨーロッパの小さな村で起きた事件を手がかりに中世における「差別」を解明。（石牟礼道子）

増補　日本語が亡びるとき　水村美苗

明治以来豊かな近代文学を生み出してきた日本語が、いま、大きな岐路に立っている。我々にとって言語とは何なのか。第8回小林秀雄賞受賞作に大幅増補。

子は親を救うために「心の病」になる　高橋和巳

子は親が好きだからこそ「心の病」になり、親を救おうとしている。精神科医である著者が説く、親子という「生きづらさ」の原点とその解決法。

クマにあったらどうするか　姉崎等　片山龍峯

「クマは師匠」と語り遺した狩人が、アイヌ民族の知恵と自身の経験から導き出した超実践クマ対処法。クマと人間の共存する形が見えてくる。（遠藤ケイ）

脳はなぜ「心」を作ったのか　前野隆司

「意識」とは何か。どこまでが「私」なのか。死んだら「心」はどうなるのか。――「意識」と「心」の謎に挑んだ話題の本の文庫化。（夢枕獏）

モチーフで読む美術史　宮下規久朗

絵画に描かれた代表的な「モチーフ」を手掛かりに美術を読み解く、画期的な名画鑑賞の入門書。カラー図版約１５０点を収録した文庫オリジナル。

土曜日は灰色の馬　恩田陸

顔は知らない、見たこともない。けれど、おはなしの神様はたしかにいる――。あらゆるエンタメを味わい尽くす、傑作エッセイを待望の文庫化！

この話、続けてもいいですか。　西加奈子

ミッキーこと西加奈子の目を通すと世界はワクワク、ドキドキ輝く。いろんな人、出来事、体験がてんこ盛りの豪華エッセイ集！　（中島たい子）

なんらかの事情　岸本佐知子

エッセイ？　妄想？　それとも短篇小説？　……モヤッとするのに心地よい！　翻訳家・岸本佐知子の頭の中を覗くような可笑しな世界へようこそ！

絶叫委員会　穂村弘

町には、偶然生まれては消えてゆく無数の詩が溢れている。不合理でナンセンスで真剣だからこそ可笑しい、天使的な言葉たちへの考察。　（南伸坊）

柴田元幸ベスト・エッセイ　柴田元幸編著

例文が異常に面白い辞書。名曲の斬新過ぎる解釈。そして工業地帯で育った日々の記憶。名翻訳家が自ら選んだ、文庫オリジナル決定版。

翻訳教室　鴻巣友季子

「翻訳をする」とは一体どういう事だろう？　第一線の翻訳家とその母校の生徒達によるとっておきの超・入門書。スタートを切りたい全ての人へ。

買えない味　平松洋子

一晩寝かしたお芋の煮っころがし、土瓶で淹れた番茶、風にあてた干し豚の滋味……日常の中にこそある、おいしさを綴ったエッセイ集。　（中島京子）

杏のふむふむ　杏

連続テレビ小説「ごちそうさん」で国民的な女優となった杏が、それまでの人生を、人との出会いをテーマに描いたエッセイ集。　（村上春樹）

たましいの場所　早川義夫

「恋をしていいのだ。今を歌っていくのだ」。心を揺るがす本質的な言葉。文庫用に最終章を追加。帯文＝宮藤官九郎　オマージュエッセイ＝七尾旅人

うれしい悲鳴をあげてくれ　いしわたり淳治

作詞家、音楽プロデューサーとして活躍する著者の小説＆エッセイ集。彼が「言葉」を紡ぐと誰もが楽しめる「物語」が生まれる。　（鈴木おさむ）

いっぴき　高橋久美子

初めてのエッセイ集に大幅な増補と書き下ろしを加え待望の文庫化。バンド脱退後、作家・作詞家として活躍する著者の魅力を凝縮した一冊。

家族最初の日　植本一子

二〇一〇年二月から二〇一一年四月にかけての生活の記録（家計簿つき）。デビュー作『働けＥＣＤ』を大幅に増補した完全版。

月刊佐藤純子　佐藤ジュンコ

注目のイラストレーター（元書店員）のマンガエッセイが大増量してまさかの文庫化！　仙台の街や友人との日常を描く独特のゆるふわ感はクセになる！

名短篇、ここにあり　北村薫　宮部みゆき編

読み巧者の二人の議論沸騰し、選びぬかれたお薦め小説12篇。となりの宇宙人／冷たい仕事／隠し芸の男／少女架刑／あしたの夕刊／網／誤訳ほか。

なんたってドーナツ　早川茉莉編

貧しかった時代の手作りおやつ、日曜学校で出合った素敵なお菓子、毎朝宿泊客にドーナツを配るホテル、哲学させる穴……。文庫オリジナル。

猫の文学館Ⅰ　和田博文編

寺田寅彦、内田百閒、太宰治、向田邦子……いつの時代も、作家たちは猫が大好きだった。猫の気まぐれに振り回されている猫好きに捧げる47篇‼

月の文学館　和田博文編

稲垣足穂のムーン・ライダース、中井英夫の月蝕領主の狂気、川上弘美が思い浮かべる「柔らかい月」……選りすぐり43篇の月の文学アンソロジー。

絶望図書館　頭木弘樹編

心から絶望したひとへ、絶望文学の名ソムリエが古今東西の小説、エッセイ、漫画等々からぴったりの作品を紹介。前代未聞の絶望図書館へようこそ！

小説の惑星　ノーザンブルーベリー篇　伊坂幸太郎編

小説って、超面白い。伊坂幸太郎が選び抜いた究極の短編アンソロジー、青いカバーのノーザンブルーベリー篇！　編者によるまえがき・あとがき収録。

小説の惑星　オーシャンラズベリー篇　伊坂幸太郎編

小説のドリームチーム、誕生。伊坂幸太郎選・至高の短編アンソロジー、赤いカバーのオーシャンラズベリー篇！　編者によるまえがき・あとがき収録。

ちくま文庫

なんたってドーナツ
美味《おい》しくて不思議《ふしぎ》な41の話《はなし》

二〇一四年十月十日　第一刷発行
二〇二三年十二月五日　第三刷発行

編　者　早川茉莉（はやかわ・まり）

発行者　喜入冬子
発行所　株式会社　筑摩書房
東京都台東区蔵前二―五―三　〒一一一―八七五五
電話番号　〇三―五六八七―二六〇一（代表）
装幀者　安野光雅
印刷所　中央精版印刷株式会社
製本所　中央精版印刷株式会社

ISBN978-4-480-43218-6 C0193